留下你的印记

体现领导力的最高境界

（白金版）

A
Leader's Legacy

（美）詹姆斯·库泽斯（James Kouzes）著
巴里·波斯纳（Barry Posner）

刘旭东 牟立新 王士会 译

电子工业出版社
Publishing House of Electronics Industry
北京·BEIJING

版权贸易合同登记号　图字：01-2010-6128

图书在版编目（CIP）数据

留下你的印记：体现领导力的最高境界：白金版 /（美）库泽斯（Kouzes,J.），（美）波斯纳（Posner,B.Z.）著；刘旭东，牟立新，王士会译. —北京：电子工业出版社，2011.4
书名原文：A Leader's Legacy
ISBN 978-7-121-13196-7

Ⅰ. ①留… Ⅱ. ①库… ②波… ③刘… ④牟… ⑤王… Ⅲ. ①领导学 Ⅳ. ①C933

中国版本图书馆 CIP 数据核字(2011)第 052679 号

责任编辑：刘露明
文字编辑：王春如
印　　刷：北京机工印刷厂
装　　订：三河市鹏成印业有限公司
出版发行：电子工业出版社
　　　　　北京市海淀区万寿路 173 信箱　邮编 100036
开　　本：720×1000　1/16　印张：11.25　字数：120 千字
印　　次：2011 年 4 月第 1 次印刷
定　　价：36.00 元

凡所购买电子工业出版社图书有缺损问题，请向购买书店调换。若书店售缺，请与本社发行部联系，联系及邮购电话：（010）88254888。
质量投诉请发邮件至 zlts@phei.com.cn，盗版侵权举报请发邮件至 dbqq@phei.com.cn。
服务热线：（010）88258888。

赞 誉

"詹姆斯·库泽斯和巴里·波斯纳又向我们呈现了一部优秀的作品，这是继他们《领导力》之后推出的又一部力作。这本书集他们的智慧与数十年对领导者的研究于一体，用20多篇颇具哲理的文章，深入、透彻地总结了对于领导者来说真正重要的事情：你的勇气、你的人际关系，以及你所留下的印记。"

——比尔·乔治（Bill George），

美国美敦力（Medtronic）公司的前董事长兼CEO，

《诚信领导》的作者

"这本书的立意与传统的观点不同。在'领导者应该希望得到别人的喜欢'和'失败是一种选择'等章节中，库泽斯和波斯纳从人性的角度来描述领导者，为那些希望充分发挥自己潜能的人敞开了领导力之门。当然，这的确是一个挑战！然而这本书所独具的风格——借助经验丰富的领导者们的故事以及娓娓道来的语言风格——鼓励着读者去拥抱和完成这个挑战。本书必将成为作者在过去 25 年里留下的重要的文化印记。"

——帕克·帕尔默（Parker Palmer），

教育学家，*The Courage to Teach*，

A Hidden Wholeness 和 *Let Your Life Speak* 的作者

"在这部新作中，库泽斯和波斯纳对所有的有关领导力的书籍做了一个必要的补充。首先，他们不再空谈人人都能成为领导者这一观点，而是用很好的实例来证明这一观点有多么真切、多么重要。其次，他们还利用实例证明了'领导力'适用于任何想有所作为的人，而不仅仅适用于'组织'层面。"

——威廉·布里奇（William Bridges），

Transitions 和 *Managing Transition* 的作者

"本书是企业中各个层次的领导者必备的一本参考书，它不仅是送给当今领导者的一个礼物，也是献给未来领导者的礼物。"

——弗兰西斯·赫塞尔本（Frances Hesselbein），

Leader to Leader Institute（原德鲁克基金会）的董事长

译者序

詹姆斯·库泽斯和巴里·波斯纳作为领导力专家和《领导力》这本畅销书的作者，以他们独特而富有挑战性的视角，全面剖析并解读了关于领导力和领导者印记的一些问题。他们用了21章的篇幅来解答那些想留下持久印记的领导者们应该回答的问题。作者提出的很多观点，让读者有种茅塞顿开的感觉。"人们谈论你，是因为你帮助他们取得了成功。你把篝火燃得有多旺并不重要，重要的是你如何让他人感到温暖；你如何用篝火照亮黑夜，让他人感到安全；你如何把宿营地收拾干净，让后来人能够燃起下一堆篝火。""每一个人都是领导者。你对你身边的人最重要。你会留下领导的财富。""限制人们成为领导者的原因并不是人们缺乏领导者的潜质，而是领导力是'不可学得'的这个害人不浅的谬论。"

当你在阅读这本著作时，你会发现，作者的每一句话都是真知灼见。更难得的是，作者讲述了大量的故事来说明这些论点。

我们作为译者，同时又是这两位作者创立的"领越™领导力研修"这门课程的讲师，在翻译的过程中，更深刻地领悟到他们的领导力理念。整个翻译的过程让我们受益匪浅。而两位大师级人物语言运用的精美与生动，又是译者学识水平难以企及的。

两位作者是领导力学术研究领域的大师。他们在统计学、案例分析、组织行为学等多个领域有着深厚的功底与造诣。而本书是一本写给普通大众的领导力著作，作者在书中没有运用太多的术语、统计学的数据，而是讲述了非常多的故事。作者在多年的领导力研究过程中，收集了上千个领导力的故事，在本书中呈现出来的都是非常具有代表性的，能够充分论证作者关于"能够留下印记才是领导力的最高境界"的故事。

这些故事，有的在美国家喻户晓，有的发生在两位作者身边的人身上。这些故事生动活泼，人物鲜活。作者把通常非常严肃的管理理念通过这些故事诠释得娓娓动听。我们建议大家在阅读本书的同时，去留心一下你周围的人，观察一下他们在领导的过程中，是否体现了作者所总结出来的诸如"最好的领导者是老师"、"领导者应该希望得到别人的喜欢"等理念。

我最近去过耶鲁大学，看到耶鲁大学图书馆的正门上，引用了各种语言文字，其中一段中文非常有意思："卿兄以人臣大节独制横流，或俘其谋主，或斩其元恶，当以救兵悬绝，身陷贼庭，旁若无人，历数其罪。手足寄于锋刃，忠义行于颜色，古所未有，朕甚嘉之。"这明显是一位中国皇帝嘉奖他英勇奋战、平定叛乱的大臣的话。读起来让人觉得很受鼓舞，出现在耶鲁，更加耐人寻味。这就是我们所讲的"激励人心"吧。上至国家元首、下至黎民百姓，从古至今，优秀领导者们都在体现着共同的行为方式。对于领导力的真知灼见，古今中外是相同的。库泽斯和波斯纳给我们做出了很好的总结。这就是所谓的"印记"的价值吧。这位皇帝为我们留下了领导的印记，让那些耶鲁的高才生们去学习体会。

在我们常用的管理案例中，许多案例讲述的都是国外优秀领导者的故事。例如，在企业界，人们经常会想到像杰克·韦尔奇、斯蒂夫·乔布斯、比尔·盖茨等这些国外的大企业家、世界顶尖的领导者们。对于我们中国的领导者们来说，这有多大的意义呢？这些人到底是谁并不重要，关键是只要在他们的领导行动中体现出了优秀的品质，都值得我们学习研究。优秀的领导者就在我们身边，就在我们日常的工作中。

中国的领导者何时能够成为世界级的领导者？我们不用总是抱着这个问题问来问去。我们需要的是观察一下我们身边的领导者，留意一下我们身边的普通人。他们所体现出的优秀领导者的品质更生动、更鲜活。对于我们领导力的提升，这些普通人的故事是最有意义的。

刘旭东

2008.4

詹姆斯·库泽斯（James Kouzes）和巴里·波斯纳（Barry Posner）是获奖及畅销书《领导力》的合著者，这本书曾被译成 17 种语言，售出多达 140 万册。他们合著了一系列的书，其中包括：《领导者：信誉的获得和丧失》（ Credibility:How Leaders Gain It and Lose It，Why People Demand It ），本书被《工业周刊》选为当年最好的五本管理类书籍之一。另外还有《激励人心》（ Encouraging the Heart ）。詹姆斯和巴里还研发出了受到高度赞扬的"领越™LPI 评测"，这是对领导行为的 360 度评估，如今已是世界上被广泛使用的领导力评测工具。有超过 300 多篇博士论文和学术研究项目是建立在"卓越领导者五种习惯行为™"模型的基础之上的。

詹姆斯和巴里被国际管理委员会提名为年度最佳管理/领导力教育家，并接受了很有声望的威尔伯·麦克菲勒奖。这使他们跻身于肯·布兰佳、斯蒂芬·柯维、彼得·德鲁克、爱德华·戴明、弗兰西斯·赫塞尔本、李·艾柯卡、Rosabeth Moss Kanter、

Norman Vincent Peale 和汤姆·彼得斯等以前获得此项奖的著名人士之列。凭借《领导力教导》（Coaching for Leadership）一书，他们又获得全美最优秀的领导教育家称号。詹姆斯和巴里是许多研讨会的主讲人，每个人都曾为许多组织做过领导力开发计划，包括：苹果、应用材料、ARCO、AT&T、澳大利亚邮政局、美国银行、Bose、嘉信理财、思科系统、社区领导协会、加拿大会议局、Consumers Energy、戴尔、德勤、Egon Zehnder 国际、联邦快递、金宝贝、惠普、IBM、强生、凯瑟基金会保健计划和医学部、Lawrence Livermore National Labs、L.L.Bean、3M、默克、摩托罗拉、Network Appliance、诺斯罗普·格鲁曼、Roche Bioscience、西门子、太阳微系统、丰田、UPS、United Way 以及 VISA 等。

詹姆斯·库泽斯是一位深受欢迎的研讨会和协商会的主讲人，他向他人分享自己对于领导力实践方面的见解，这些见解对个人和组织提高业绩有着非常大的贡献，他留给听众的是可以运用到工作、家庭和社团中的实用的领导力工具和技巧。詹姆斯不仅是一位受到高度尊敬的领导力学者和富有经验的管理者，他还被《华尔街日报》提名为全美最受欢迎的十二位非来自高等学府的教育家之一。

詹姆斯现在是圣克拉拉大学创新与创业中心的高级会员。他曾担任过汤姆·彼得斯公司的总裁、首席执行官和主席等职务（1988-1999 年）。在此之前，他领导过圣克拉拉大学列维商学院创新和创业中心（1981–1987 年）。他还创立了圣何塞州立大学的人员服务开发联合中心（1972–1980 年）。更早些时候，他还是得克萨斯大学的社会服务系的教员。1969 年在一次"对贫穷宣战"的活动中，他为社区行动处的员工和志愿者举行研讨会，这引发了他对培训和研发的兴趣。从密歇根大学毕业后（荣获政治学学士学位），他做了和平工作队的一名志愿者（1967–1969 年）。詹姆斯还在圣何塞州立大学商学院完成了在组织发展方面的实习，获得了结业证书。詹姆斯的 E-mail: jim@kouzesposner.com。

巴里·波斯纳是圣克拉拉大学（在加州硅谷）的领导力教授以及列维商学院的院长，他曾被无数次授予教学以及创新奖。巴里·波斯纳是一位世界知名的学者和教育家，是 100 多篇以研究和实践为主题的文章的作者或合著者。他现在是《领导和组织发展》、《领导评论》和《服务者–领导力国际杂志》的编委会委员。巴里·波斯纳是一位热情和风趣的主讲人，也是一位充满活力的研修班导师。

巴里从加利福尼亚大学圣巴巴拉学院获得政治科学文学学士学位，在俄亥俄州立大学获得公共管理硕士学位，在阿默斯特马萨诸塞大学获得组织行为和管理理论的博士学位。巴里已经为全球多种多样的私人和公共组织提供过咨询，他现在担任美国艾仪精密仪器公司（纳斯达克上市公司 AEIS）、圣何塞轮演剧院、EMQ 家庭及儿童服务机构的董事会主席。在此之前，他曾担任过美国建筑师学会（AIA）、硅谷和蒙特里湾青年商学院、公共联盟、圣克拉拉大哥哥/大姐姐组织、非营利组织优秀人才培养中心、Sigma Phi Epsilon 兄弟会和几家刚成立的公司的主席。巴里的 E-mail：bposner@scu.edu。

关于詹姆斯和巴里以及他们的著作、他们的服务的更多信息，请登录他们的网站：www.leadershipchallenge.com。

前 言

编辑苏珊·威廉姆斯向我们约稿，让我们写一本"对领导力课题进行流水般自由自在的探索"的书。这本书将涵盖过去 20 年时间里，我们所有关于领导力的学习、研究、写作、演讲以及咨询工作的心得体会。她希望我们能够解决在这个领域中许多人正在思考的那些"似是而非的、复杂难解的、亟待解决的以及混淆不清的问题"。她希望我们能"走下讲台"，以"更具体、更深入、更敏锐、更坦率"的方式，将我们的内容呈现给大家。这对于我们来说是一次巨大的挑战，当然这也正是我们最后完成本书的原因。

我们两人不敢保证能够完全实现苏珊的厚望，甚至不能确定是否真的了解了她的意图。但是，我们还是接受了这个挑战，提笔上路了。没用多久我们就发现，虽然我们在一起写作了 25 年，但要做一次全新的尝试还是会困难重重。其实这也是预料之中的事，对此我们早就应该心中有数。我们不是经常告诫大家的吗

——要想改变做事的习惯，不仅需要努力地工作，同时还要承受来自内心的煎熬。

我们从以往经常探询的关于领导者、带领以及领导力的相关问题着手，并且分析了数年来的观察记录。虽然在我们撰写的书籍中对类似的主题也曾有所触及，但是这次我们希望用新的思路、新的方式来探讨与领导力相关的更加重大的问题。然而，原本希望的对领导力进行"流水般自由自在的探讨"却变成了过去经历过的事件的流水账。

当我们把准备好的题目罗列出来之后，我们发现它们犹如圣诞节的彩球胡乱撒落了一地，每一个看起来都非常漂亮，却缺少一棵圣诞树把它们挂起来。同样地，我们缺少一条可以把这些文章串起来的主线！

这个问题困扰着我们，直到有一天与吉姆的夫人交流之后，我们忽然找到了灵感，才终于摆脱了这种尴尬的处境。泰依·摩恩·库泽斯（Tae Moon Kouzes）是一位高管（"高层管理者"的简称）教练，那天她看过我们这些文章后，对其中的一篇非常喜欢。那篇文章的题目是《你的印记就是你的生活方式》，后来这篇文章成为了本书的后记。她说："一点都没错，与我合作过的每一位领导者都希望留下他们的印记……"她的话令我们茅塞顿开，我们开始考虑把"印记"作为整本书的框架，而不仅是一篇文章的标题。

最初对于使用"印记"这个词，我们有过非常激烈的争论。

因为谁也不能确定每位领导者都想留下印记，尽管我们坚信他们都会留下一些东西。我们更不想因为臆测领导者的决策都是基于印记的考虑而留下把柄。

另外，这种领导者都愿意留下印记的说法，会把领导力与组织中的职位或场合联系起来，这让我们尤为担心。因为我们一向认为领导是每个人的事情，无论职位如何，每个人都能带来变化。如同耳熟能详的宿营地提示一样，我们都能"让营地比我们来之前更整洁"。

更重要的是，领导者们如果总是想"假使我这样做，我留下的印记会是什么"，而不是客观地判断自己的贡献是否值得被人们记住，那将会产生很多不必要的麻烦。领导者们会过多地陷于对印记的考虑，而忽略我们所提倡的领导者应该公正无私的基本准则。

但思来想去，最后我们还是发现，印记的主题贯穿了这些年来我们所研究过的大多数事件。最好的证明来自吉尔·梅尔维尔，她的领导故事在很多年前我们就曾介绍过。当她被问到为什么会勇往直前采取行动时，她这样回答："就我而言，驱使我前进的动力是我对要给孩子们留下什么样的印记的关心。"我们可能做不到像吉尔那样，对自己的目标有非常清晰的认识，不过我们还是应该向她学习。如果我们真的做到了，那我们就可以留下我们想要留下的印记，而不是一些随意的、没有意义的东西。

另外，对印记的认真思考可以让我们的身心充满力量、不断向上。没有人是这个组织或社区的唯一继承者，我们不是在独自生活。对印记的认真思考可以促使我们把今天的行动放到一个更大的背景中思考，它要求我们感激别人，它要求我们对自己的行为负责，它让我们认识到自己的行为总会有结果，如果没有立刻产生结果，那么将来也肯定会有结果。印记的概念，清晰地展示出我们可以给周围带来某些改变。那么剩下的唯一需要考虑的问题就是，我要带来怎样的改变！

领导者关注他们的个人印记与关注他人的贡献没有必然的矛盾。进一步而言，关注印记问题就如同思考我们的愿景和价值一样，并非是自私的表现。通过研究，我们知道，比起那些对愿景和价值不清晰的人来说，那些对自己的愿景和价值非常清晰的人对组织的承诺度要高很多。虽然我们对印记没有同样确凿的证据，但我们可以推断，人们对印记的清晰度也能够影响人们对组织的承诺度，结果是一样的。

对印记的思考，要求我们超越对成功的短期定义。印记包括过去、现在和将来。当思考印记的时候，我们就会被迫思考诸如我们曾经去过哪里，我们现在在哪里，我们将来要去哪里之类的问题。我们就会直接面对我们是谁，我们为什么会在这里，等等。我们要更深入地思考关于价值的问题——过去的价值、现在的价值和将来会有的价值。我们会绞尽脑汁思考生命中更深层的意义、触及心灵的意义。对于如何留下持久的印记的追寻过程就是一个人从成功到卓越的转变过程。

在一生当中，我们都有选择的机会。一个声音会对我们说："嗨，我就是为我自己活着，何必费力气去清理营地，何必要管篝火是否熄灭，我又不会再到这里来了，管那么多干吗？"但另一个声音又会响起："那些后来的人肯定需要这块美丽的营地，我怎样才能让他们的体验更精彩呢？"

当我们清楚地知道要让营地比来之前更干净后，我们就会采取行动。对印记的思考让我们投身于那些能带来改变的行动中，而不只是为获得名望和财富而工作。同时，我们还可以享受别人继承了我们留下的印记后的快乐。

当我们问自己想怎样被别人记住时，我们也就播下了美好的种子，让生命更有意义。如果我们能让每一天的生活更有意义，我们也就留下了自己独特的印记。通过我们的印记，我们也就让这个世界比我们继承时更加美好了。

这本书包括了 21 篇短文（即 21 章），集结成 4 个部分——责任、关系、渴望和勇气，再加上后记。短文言简意赅，包含了全新的体验和故事，以及对于一些耳熟能详的主题的全新见解。它们代表了我们对于印记的一些思考。我们希望这些短文能够在你成就卓越的征途上，激发你、挑战你，让你做出正确的选择。

致谢

在 围绕印记这个主题写这本书的时候，我们更清醒地认识到家庭对于我们是多么重要。那里是我们寻找鼓舞与忠告、进步与快乐、爱与欢笑、安慰与支持的地方。我们所做的一切都是为了我们的家庭，同时也希望我们的作品能够惠及其他组织和团体。我们首先要感谢我们的家庭，为了让我们能够潜心写作，他们付出了许多特别的奉献。在这个过程中难免有时会怨天尤人，但他们总是会恰当地出现，激励我们。对于我们而言，他们就是那些为了留下永恒的印记而牺牲自我的永远的楷模。对于他们的爱和支持，我们即使把感激之词常挂嘴边也不足为过。

詹姆斯想借此机会特别感谢他的妻子 Tae Kouzes 和继子 Nicholas Lopez。"Tae，是你重新点燃了我生活和爱的激情。我每天都提醒自己，你是我的女神和导师，是我的伙伴，是我热情与希望的源泉。我为此而感到我是令人不可思议地走运。Nicholas，谢谢你为我带来做父亲的快乐，带给我通过崭新的视角去观察这个世界的机会，并且让我了解了作为领导者采用全新的方式意味着什么。对于我们大家来说，你使我们感到骄傲。"

巴里也特别想对他的妻子 Jackie Schmidt-Posner 以及他们的女儿 Amanda Posner 表示感谢。"Jackie，你是我生命中永远的爱。重要的并不只是分享你的经验与智慧，给予我们时时刻刻的提醒，而是我们能将自己置身于所期望的挑战之中，我们真是太走运了。Amanda，你是我们最重要的印记，你提醒着我们生活奋斗的目的，让我们每天都能兴趣盎然、精神饱满地处理那些平凡琐事。"

在我们的生命中，正是因为有了他们，才使我们有无数个理由让篝火长明不息，永远相传。

屈指一数已将近 25 年了！我们一直是 Jossey-Bass 出版家族不可分割的一部分。许许多多的艰辛与成功让我们彼此更加了解，我们非常感激能给我们这个机会。同时，我们也为能成为 Wiley 这个走过 200 年历史的大家庭中的一员而感到荣幸。那就是一份珍贵的印记！感谢这个出版大家庭中的所有成员。

如果没有 Susan Williams，这位 Jossey-Bass 的主编，这本书就根本不可能构思出来，是她发出的挑战使我们能将心得变成文字。即使在我们质疑自己的时候，她也没有丧失信心。对于她的韧性、她的鼓励以及表现出来的专业知识我们非常感激。我们的助理编辑 Rob Brandt 小心翼翼地把手稿变成书。他的忠言良策，他对于卓越品质的执著，以及他对细节的孜孜以求毫无遮掩地呈现给我们。我们的工作因为有了他而更加轻松。在整个过程中，还有出版编辑 Hilary Powers，他帮助我们定稿，提供了作为读者的一手资料。高级产品编辑 Mary Garrett 确保了本书的付印。没有他们，这本书一定还是处于手稿的状态。Lisa Shannon 是 Wiley 的另一个出版者 Pfeiffer 的高级编辑，衷心地感谢她一直为我们指明前进的方向。Lisa 在我们内部集倡导者、主持、战略家、智囊和拉拉队队长于一身，当项目启动之后，她成了我们经常依靠的人。

当然，我们更想感谢你们——我们的读者朋友们。没有你们，我们就不能够超越朋友和家人圈子的局限，去尽自己的一些绵薄之力。非常感激你们能让你们的组织接纳我们的观点，更感谢能给我们机会一起携手共进，努力创造一个更美好的世界。

目 录

第 1 部分　责任篇

Significance

随着时间的流逝，人们往往不会记住我们曾为自己做过什么，但会记得我们曾经为他们做过什么。他们就是我们工作的继任者。领导者最快乐和重要的责任就是确保他们所关心的人的生活不仅成功，而且有意义。

优秀的领导者关心他人的成功胜过关心自己。对他们而言，他们所服务的对象取得成功才是他们最大的成就。当领导者意识到自己能够给别人的生活带来改变时，他们自身就会得到激励。他们会更有勇气在争取卓越成就的过程中忍受磨难，不断奋争，甚至做出牺牲。那些愿意将自己的角色定位为服务他人的领导者将会留下最恒久的印记。

> 优秀的领导者关心他人的成功胜过关心自己。

讲授是服务的一种形式，可以把经验和心得传承下去。最优秀的领导者也是最优秀的老师，最优秀的老师也是最优秀的学习者。领导者知道，提升别人也就是在提升自己，这就是所谓的教学相长。

学习需要反馈。如果领导者能经常问自己"我干得怎么样"，他就会洞悉到自己是如何影响他人的。现在的问题是大多数的领导者不去问这个问题。这是领导行为方面最明显的错误之一，也是最急需纠正的错误之一。优秀的领导者知道他们不可能是十全十美的，所以他们欢迎"善意的批评"，他们知道，那些愿意告诉他们实情的人才是真正关心他们的人。

实际上，对个人来讲，机构中最重要的领导者不是首席执行官或者更大的"头儿"，而是我们经常见到的人，是当我们需要指导和帮助时可以求助的人。无论你的头衔是经理、团队领导、教练、教师、大学校长、博士、总监，还是父母，对于那些仰仗你、依赖你的人们来说，你就是他们最重要的领导。

从来没有人能独立地取得非凡的成就。无论在领导事务方面，还是在生活中，我们完成的每一件事情都不是靠个人独立完成的。所有对改变做出贡献的人都不希望自己被认为是理所当然的，没有人愿意成为一个被忽视的对象，每个人都希望自己是个重要角色。所以从某种意义上说，领导者的印记就是大家的印记。

第1章 领导者要乐于服务，甘于奉献

你来到这个世界上是为了完成某种使命还是来消磨时间的呢？如果是为了完成某种使命或目标，那你的使命或目标又是什么呢？你会带来什么样的变化？你要留下什么样的印记？

在圣克拉拉大学的领导力课堂上，我们向一年级的同学提出了这些问题。对于这些只有 18 岁并且刚刚离开高中三个月的学生来讲，这是个有些复杂的问题，因为就连大多数成年人都还没有认真地思考过这些问题。我们不期望学生们有现成的答案，但是我们认为这些值得学生们去思考一下，不仅是在大学生活刚刚开始时，而且在一生中的每一天都要去想他们要留下什么样的印记。

"你的印记是什么？"这个问题没有一个唯一的答案，也没有一个绝对正确的答案。它不是一道数学题，可以简单地用公式来解答。但是这个问题可以让学生们打开一个思路，在生命的旅途

中，他们将面临很多头痛的选择：想做什么和做什么更有意义。不论是有意识地，还是无意识地，这些学生都将在学习中、工作中、家庭和社区活动中不断地做出选择，而他们做出的每一个选择都将成为他们留下的印记的一部分。

关于印记的问题引出了另外一个核心观点：领导力不仅仅是关于如何产生结果的能力，也不能只用数字来衡量成功与否。领导者的责任就是要完成一些非常重要的事情，这些事情能够使家庭、社区、工作单位、国家、环境，以及整个世界变得比今天更加美好，而这些事情并不都是可以量化的。

我们自己的研究结果以及其他许多研究领导力的学者们的研究成果都表明，领导行为通常要从痛苦与磨难开始（包括我们自己的痛苦，也包括其他人带来的痛苦）。我们的同事帕特里克·兰西奥尼是一位领导力方面的畅销书作者，他有多部作品问世。他告诉我们，在他大学毕业的时候，他"要改变世界"。不管别人怎么看，他当时决心要大干一番。但现在想来，他当时的问题是激情之余，却忽略了对两个重要问题进行深入思考："我要为谁服务？我准备好承受磨难了吗？"

> 如果想要成为真正的领导者，我们必须自愿地去服务他人，自愿地去承受磨难。

在我们准备改变世界、有所作为以及留下印记之前，都要回答这些问题。如果想要成为真正的领导者，我们必须自愿地去服务他人，自愿地去承受磨难。

你可能会说："嘿，请等等。你的意思是说，我不仅一生都要努力地工作，而且当我成为领导者时，我还必须在领导过程中服务他人，还必须承受痛苦？！那就是我得到的回报？不会吧，那可不是我当领导者的初衷。没人告诉我领导者要干那样的事！"

只有乐于服务他人的领导者才能赢得认可

领导者所做的每件事都是提供服务。

我们已故的同事约翰·加德纳（John Gardner）曾经观察到："在选区内，如果人们自觉或不自觉地断定某位领导者有能力解决他们的问题或者能满足他们的需求，那么这位领导者就很有可能赢得这个选区。"（约翰有丰富的领导经验。他曾是卫生教育福利部的部长，《公共事业法案》的发起人，担任过六位美国总统的顾问，同时是受人尊敬的作家和学者。）约翰的意思不是说领导者本人要亲自去解决问题，去满足他人的需求。他指的是人们愿意跟随那些能理解他们的

> 忠诚不是老板提出要求就能够得到的东西，它是人们给予的一种认可，它只能被赢取。

人，这些人了解他们的愿望、他们的担忧和他们的理想。忠诚不是老板提出要求就能够得到的东西，它是人们给予的一种认可，它只能被赢取。人们选择追随某位领导者，不是因为他的权力，而是他表现出来的能够满足人们需求的能力。

如果我们将约翰的话换个说法，可能会更好地显示出选民观

点的重要性。"当客户自觉或不自觉地断定某家公司有能力解决他们的问题、满足他们的需求时，这家公司就赢得了这些客户。"能够解决问题，满足需求，难道这不正是公司赢得客户忠诚度的方法吗？客户可以决定是否继续跟我们合作，我们要想获得客户的忠诚，就必须对客户的需求做出积极的反应。

这一观点对领导者同样适用。下属可以决定自己是否要忠于其领导者。如果他们发现自己的需求得到了满足，他们的忠诚也会随之而生。所以领导者想要赢得认可，最好去关注一下自己是否对下属的需求做出了积极的反应。如果领导者认同服务他人的重要性，那么就应该更多地关心他人的利益，而不是只关心自己的利益。

我们常会听到的一种反驳是："客户付钱给我们，而我们也付钱给了员工，这就足够了！"哦？真的是这样吗？如果你只把你的员工当做雇员，而你们双方都只关心薪水的话，那么这个说法也许是对的。但员工的热情、动力、主动精神、士气、奉献精神以及其他的情感因素呢？你用什么来支付？！你的同事、你的供应商、你的合作伙伴呢，你又用什么来支付他们？难道他们不是你的选民吗？

在贝西·桑德斯担任加利福尼亚诺思通（Nordstrom）的总经理时，我们曾探讨过这个观点。对此，她非常坚定地给予了支持。"我为我的同事们服务，这样他们才能很好地为客户服务。实际上，我是处在整个公司金字塔的底端来支持他们，而不是在金字塔的顶端去指挥他们。"如果领导者接受了他们首先是服务者的理念，他们就能够清楚地认识到自己的位置，他们是在众人后面提供支持的人。

领导者首先是服务者，这个观点并不新鲜。30多年前，一位退休的公司高层管理者罗伯特·格林利夫曾注意到："杰出的领导者首先是服务者，这个是成就杰出领导者的真理。"当我们为他人提供服务的时候，我们就会迸发出巨大的能量。南希·奥特博格曾经是 Willow Creek 教堂的牧师，现在是教会的领导力顾问，他向我们指出：

没有服务意识的领导者，最多也就是用"必须"来驱使人们行动。随着时间的推移，这种领导行为只会造就一个没有发展空间的脆弱的组织。只有当领导者深入发掘，充分激发出下属的积极性，整个组织才会变成一台不停运转的机器。这时的组织不再需要从你这个领导者身上索取更多的力量，因为你已经点燃了人们的工作激情。你为你的组织输入的"持续动力"将带领你们一起驶向未来。

领导者就是要动员他人服务于一个目标。如果你是为某个目标服务，那么就要唯目标马首是瞻。为了这个目标，你不可避免地要做出牺牲。现在的真人秀节目，如《幸存者》、《飞黄腾达》及《趣味比赛》等，给人们展示的是参赛者为了获得全胜，可以不惜任何代价，甚至是牺牲掉自己的同伴。虽然他们也成功了，但要说明的是这种方式不适用于领导行为，不适用于我们的学生，不适用于帕特里克·西奥尼，不适用于约翰·加德纳，不适用于罗伯特·格林利夫，也不适用于南希·奥特博格。

有激情的领导者愿意承受痛苦

人们在谈论领导行为的时候，经常会提到"激情"（passion）这个词。而提到这个词时，又很容易使我们联想到诸如热情、热诚、活力、充沛以及震撼等饱含情感的词。"激情"这个词所包含的这些情感可能都是客观存在的。但当你去查字典时，你会发现英语里"激情"这个词起源于拉丁语"痛苦"（suffering）这个词。于是，有激情就意味着能承受痛苦，有激情的人就是能承受痛苦的人，而有同情心的人也就是能承受和分担他人痛苦的人。事实也是如此，领导者们几乎在做任何事时都要承受痛苦的煎熬，他们要不停地在个人的成功与他人的重大利益之间做出选择。请牢记：成功需要付出代价。

领导事务是一项艰巨的工作。尽管我们及其他人都出版过一些关于领导力方面的著作，试图使领导事务更容易为人所理解，但它仍然还是一项有难度的工作。

尽管我们在书中使用了一些激励性的语言，提供了一些方法和技巧、案例以及一些实际应用，希望借此能够提高领导者的技巧和信心。但是，我们深刻地认识到，没有牺牲，领导者是不可能取得杰出成就的。有时，当我们必须在个人利益和更重要的目标利益之间做出选择时，我们和我们所关心的人就要承受痛苦。如果你想要成为一名领导者，你必须心甘情愿地付出某种代价。你要通过自我牺牲来向人们证明你所做的不是为了你自己，你是把别人的根本利益放在了心上。

领导者的最大贡献不是完成今天最基本的工作，而是要实现个人和组织的长期发展，使其适应变化、繁荣兴旺、茁壮成长。如

> 如果有人不愿意牺牲个人的利益，他就不应该坐在领导者的位置上。

果有人不愿意牺牲个人的利益，他就不应该坐在领导者的位置上。即使他现在坐在了领导者的位置上，他最终还是会失败。

如果人们能记住我们，那一定是因为某些特定的原因。问题是，是什么原因使人们记住了我们？当你不在他们身边的时候，人们会怎样评价你？我们每个人都生活在自己创造的回忆当中，生活在自己建立的体系和习惯之中，生活在自己接触过的每个人的生活中。我可以保证，人们不会因为是你取得的成功而谈论你。人们谈论你，是因为你帮助他们取得了成功。你把篝火燃得有多旺并不重要，重要的是你如何让他人感到温暖；你如何用篝火照亮黑夜，让他人感到安全；你如何把宿营地收拾干净，让后来人能够燃起下一堆篝火。

第2章　最好的领导者是老师

在我们的职业生涯中，我们有幸能经常与一些在领导力和人力资源方面富有经验的专家一起工作。其中有位叫弗雷德·马格利斯的人，他的教诲，对于从事教育工作的我们，有着特殊的意义。

那是在一次晚餐中，弗雷德问道："最好的学习方式是什么？"因为我们有着大量的体验式学习的经验和背景，而且对体验式学习方式比较偏爱，于是我就自信地回答道："最好的学习方式是通过自我体验。"

弗雷德立即回答道："不尽然。"好像他已经知道我们要给出的答案一样。他告诉我们："最好的学习方式是向其他人讲授你要学习的东西！"

听到这句话，我们的大脑突然停顿了一下，半天才恍然大悟。尔后我们才意识到我们刚刚听到了一条非常重要的信息，这使我们觉得一个全新的世界正在向我们打开。那天晚上从弗雷德那里得到的启示至今让我们受益。从那次谈话中我们至少得到两个启示。第一个启示很明显——最好的学习方式是教别人。第二个启示就像一道耀眼的闪电，忽然在我们的头脑中划过——印记在我们所讲的故事中被传承下去。

第一个启示：最好的学习方式是教别人

无论你是领导者还是新成员；是经验丰富的老手还是一个新手；是老师还是学生，如果你真的要帮助别人学习，你就要即刻开始思考、研究、准备。你要全身心地投入到学习中，因为你要在众人面前进行现场表演。这种表演是有一定风险的，所以你必须做好充分的准备。

与其他学习方式相比，第一个启示，即最好的学习方式是教别人，对我们的教学风格的形成产生了深远的影响。这就是弗雷德的印记，我们已经从中受益，而且从那次晚餐以后我们就不断地向其他人讲述这个道理。它每天激励着我们去发现新方法、发明新工具、设计新案例，来帮助他人成长和发展。

即便我们受人邀请去讲授那些我们早已烂熟于胸的题目，我

们也总是尽量给学员提供机会让他们成为老师。当然我们之所以
会被邀请，是因为我们是这个方面的专家。不过没关系，我们可
以通过让他们回答问题或让他们述说亲身经历来实现我们的目
的。当他们与人分享自己的经历，或者向所有在场的人表达他们
的见解时，他们会比只坐在那里被动地听讲更能深入地思考。

　　同样的道理也适用于领导力。已故的彼得·德鲁克在他职业
生涯的早期曾经指出：

　　当你去教别人学习的时候，其实自己学到的最多。我的第三
个老板是一家银行的三位高级合伙人中最年轻的一个……差不多
每周他都会坐下来和我讨论他对世界的一些看法……他把我当成
听众，在讨论的过程中他在不停地思考。他不断地重复讨论同一
个题目直到谈话结束……最终，我认为他从这些交谈中学到的要
比我学到的多。

　　彼得话中暗含的意思就是：领导者
要做的工作之一就是教导和讲授。如果
你能像彼得早年的老板那样谈论某个

> 领导者要做的工作之一就是教导和讲授。

话题，你就是在学习。尽管不是所有的领导者都认同这个观点，
但我们还是认为最优秀的领导者就是这样的。无论对你还是你的
同事来说，你们之间的每次互动都可以看做是一次学习的机会。

以绩效评估为例。你可以把它看成是对某人在某些指标和能力方面的一次例行公事的评判，也可以看做是一次互相学习借鉴的机会。如果你能把这些评估看成是人们在向你讲述他们的长处、短处、理想、目标、失望、困惑、脆弱……那么这些评估活动就很容易成为相互学习的良机。你可以告诉你的下属你自己在遇到以上这些问题时是如何解决的，你从这些经历中学到了什么；同时也可以听听他们在遇到同样的问题时是怎么处理的。这样，绩效评估这件事就可以从个人独白发展成互动的对话。你们的关系也会从老板与下属转变为师傅与徒弟。

假设你就是彼得·德鲁克的那位老板。你每周都会坐下来找人聊聊你对这个世界的看法，假设讨论的是一些烦恼的话题。碰巧你又是一个既喜欢教授又喜欢学习的人。那么想象一下，这种探讨严肃问题的方式会怎么样呢？

你会有更多的机会去提出问题。你会问："……那样的话，你怎么想？"

> 你能留下的最有价值的印记之一就是把你的下属培养成老师。

你会有更多的机会去聆听。"如果我没听错的话，你是说……"

你会有更多的机会把自己变成学生，让那些和你在一起的人离开时觉得他们教了你一些东西。因为你说："哦，有意思。我从来没有那样想过。"

想象一下这种互动是多么卓有成效呀。

你能留下的最有价值的印记之一就是把你的下属培养成老师，不管他们是经理还是普通人，当他们全身心地投入到学习而不仅仅是做事的过程中时，你会得到一个比制造出高质量的产品或提供了优质的服务还重要的结果：他们会发现自己内心深处未被开发的潜能，他们会体验到自我发现的魔力，他们会体会到"我能！"这句话所带来的巨大快乐。当你和你的同事们有了这些重大的发现后，那么世界上也就没有什么是你们不能实现的了。

第二个启示：印记在我们所讲的故事中被传承下去

第二个启示是我们在思考本书的主题时想到的。我们发现，当我们讲述老师们讲过的故事时，就好像老师们依然在讲述着那些故事。

弗雷德寓学于教的故事是我们所讲述的数百个故事中的一个。最近，当我们重新审视这个故事时，我们领悟到了另外一层意思：在过去的数年当中，当我们向数千人讲述这个故事时，就仿佛弗雷德本人在向我们和那些没有见过他的人讲述这个故事。实际上，我们讲述弗雷德的故事也就是继承了弗雷德的印记。同样当我们在讲述其他人的故事时，也就是继承了其他人的印记。

我们每个人，不管是有意还是无意地，都会在某种程度上成为故事中的一个角色。我们总会谈论那些不在场的人，而当我们不在时，别人也会议论我们。最显而易见的问题是，他们会如何评价我们？

这个问题要求我们去思考下面几件事：

- 在每一次互动中，我的故事带给大家什么样的启示？"故事的寓意"可能非常明显，但除了主要含义之外，我还能带来什么？自己是否意识到了这另外一层含义呢？
- 人们将来会怎样讲述我的故事？人们又会从这些故事中学到什么？人们会继承我的印记么？我希望能够留给人们什么样的印记？
- 当我在讲述他人的故事时，我从中学到了什么呢？

我们对圣克拉拉大学列维商学院学生们历年填写的课程评估进行了研究，把以上几点与评估结果联系在一起，我们发现得分最高的老师是那些对自己的课程非常热爱的老师。

这与你的个人经验一致吗？当你听着某人激情洋溢地演讲时会兴奋吗？他们有没有让你对他们的课程产生兴趣？你希望所有的老师都这样讲课吗？

> 杰出的领导者热爱他们的工作、他们的组织、遵守组织的原则。

同样的情形也适用于领导者。杰出的领导者热爱他们的工作、他们的组织、遵守组织的原则。他们的热情具有感染力，其他人能够被他所感召，并将这种热情体现在工作中。我们希望所有的领导都可以这样富有激情。这样的领导者才是我们未来故事中最想要谈论的正面形象，即使我们和他们都已离开，他们的影响也还会持续。

　　之所以优秀的老师比学生懂得多，优秀的领导者比其下属懂得多，原因只有两个。第一，他们都把自己全身心地投入到学习中；第二，他们都热爱自己所讲授的内容。细想一下，这其实是一回事。

第3章　我们都需要善意的批评

已经去世的领导力专家、前总统顾问约翰·加德纳（John Gardner）曾经讲过："领导人的可悲之处就在于他们总是处于恶言相讥与盲目追捧之间。"我们非常同意这个观点。这句话应该贴在每位领导者的桌子上，或者是写成电脑的屏幕保护。以便天天诵读，时时反省。

没有人喜欢听无休止的恶意攻击，也没有人喜欢听喋喋不休的抱怨，尤其是对那些谁都能猜得出的内容的抱怨，人们会变得充耳不闻。同时，对那些明显想通过阿谀奉承获得好处的人，我们也会采取敬而远之的态度。因为我们有自知之明，知道自己没有他们说的那么完美。如果对自己诚实，我们就知道我们真正需要的是那些"善意的批评"，是人们真正用心对我们的表现给出的真诚的反馈。

但问题是，大多数领导者对于真诚的反馈，既不想得到，也不去寻求。他们一般不愿接受反馈的内容，除非有人强迫。至少在我们的研究中情况的确如此。

从我们最新的对于 7 万份领越™ LPI（Leadership Practices Inventory，问卷包含了 30 个关于领导者行为的问题）的分析中发现，下面这个问题是观察员评分最低的，同时也是领导者自己打分倒数第二的问题：

> 16．会对自己的行为如何影响他人的表现征询反馈意见。

当我们把这个发现与全球最大的一家科技公司的领导力开发总监分享时，他告诉我们，这与他们公司的状况如出一辙。在他们公司的内部领导力评测中得分最低的一项就是寻求反馈。

对于这一点还有更进一步的证明。有时我们问那些高管教练，在他们的辅导开始时，有多少被辅导者能问"我做得怎么样？"等诸如此类的问题。最常见的回答是"没人问！"。不仅如此，公司中级别越高的人询问反馈的就越少。领导们都想知道别人做得怎么样，但很少问自己做得怎么样。高管们总是热衷于为别人提供 360 度反馈，至于别人给他们的反馈，那就和他们没关系了，他们不会自己主动去寻找反馈。偶尔也许会去寻找一些反馈，但那只不过是因为外部顾问或高管教练要求他们这样做而已。

让我们来想一想这个问题。信誉度是领导力的基石。从行为的角度讲是"说到做到，你说什么就做什么"。但如果你不知道自己做得怎么样，你怎样去实现承诺？如果你从来不为自己的行为寻求反馈，不问自己的行为是否影响了他人，你怎么能够期望在漫漫征途中永远保持言行一致？

有可靠的证据表明，最好的领导者在行使领导职责时，非常清楚自己的内心在想什么，同时也非常了解别人在做什么。他们体察自己，洞悉社会。他们清楚地知道自己的行为是否能够影响他人，让他人的表现更加出色，或者让人产生不断向前的动力。

> 最好的领导者在行使领导职责时，非常清楚自己的内心在想什么，同时也非常了解别人在做什么。

可以设想一下。一天早晨，你开车去上班。你看了一眼仪表盘，发现水温表显示有点儿过热。你不以为然照常向前行驶。半路上，你闻到一股怪味从通风孔冒出来，你只嘀咕了一句"什么味道？"便继续向前行驶。过了一会儿，蒸汽从机器盖子下面冒了出来。你停下车子，打开机器盖子，现在可以确信你的发动机确实过热了。你打电话求助路边维修站，让他们把你的车拖走，为此你耽误了半天的工作。回过头来看，你会发现你曾经得到过警告的信号，但你却选择了继续往前开。

领导的过程与此相同。注意到早期的警告信号可以防微杜渐，防患于未然。建立一套预警系统（与仪表盘类似），关注那些警告信号，可以帮助你和你的组织更有效地发展。所有的领导者都希望自己能为提升绩效发挥积极的作用，因为这是他们所留下的印记的一部分。如果他们要想知道自己的影响产生了什么样的效果，唯一的途径就是经常性地得到反馈。所以对于领导者而言，那些善意的批评应是多多益善。

然而，我们掌握的数据和经验告诉我们，领导者们好像不太愿意接受真诚的反馈。这些反馈就好像聚会上的宠物一样，不怎么讨人喜爱。为什么会这样呢？无论从个人角度、专业角度和组织角度看，明明这些反馈都是有益的。为什么他们不想接受呢？

> 对于领导者而言，那些善意的批评应是多多益善。

作家拉尔夫·凯伊斯（Ralph Keyes）在《写作的勇气》中提到这样的观点："就像作家和编辑们发现的那样，写作过程中那些让我们焦虑的难点，比起最后面对的读者来说，其实都是小菜一碟。"他接着还引用了他的一位作家朋友关于"写小说犹如在桌子上一丝不挂地跳舞一样"的比喻。

在我们看来这对领导者也同样适用。他们之所以不希望得到反馈就是因为他们害怕被曝光。曝光会让他们变得不完美、不称职、不再无所不知。

我们的朋友兼同事丹·穆尔赫恩（Dan Mulhern）提供了一个相关的论点。丹是密歇根州的第一先生（没错，因为他的夫人是州长）。在一次研讨中，他要求 15 个人对他的表现做测评，这 15 个人经常观察他的工作。丹收到了一定量的数据，还有文字的评价，都是有关他的强项和弱项（需要改进方面）的。

那些建议是很有意义的，但却让丹感到很意外："为什么之前从来没有人跟我讲？"他又有些困惑："为什么他们只在匿名的时候才说这些呢？"

丹得出了这样的结论：

对于我而言这是一个教训，想得到好的反馈是不容易的。这是我们文明的缺陷。人们不仅害怕得到真诚的反馈（我得到了一些），更害怕给出真诚的反馈。因为担心有人会受到惩罚，担心伤害到别人的情感，于是害怕面对反馈。有权力的人不习惯寻求反馈；父母亲不希望听到反馈；兄弟姐妹避之唯恐不及；而老师们则更是极少接受反馈。在我们身边很少能找到寻求或给出建设性反馈的模范，所以，在日常工作生活中，经常会有一些人，他们了解情况，知道如何让事情更有效，知道该怎样让我们帮助他们，可他们就是不肯告诉我们。

现在你明白了吧，这是硬币的两面。一面，你看到的是领导者害怕被曝光；另一面，你看到的是同事们害怕提供反馈。但是你知道吗？如果你是领导者的话，事实是你已经赤条条地站在桌子上跳舞了，你没办法假装自己穿着衣服。

对我们来说，更好的策略就是让所有的人都认识到这样做的重要性，即对自己的表现寻求反馈。做更好的领导者需要更多的自省，需要让自己更敏感，需要建立一套使自己能经常得到真诚反馈的流程。就如丹所讲的："如果你想得到反馈，你就必须努力去争取。"

除了每年的 360 度评估之外，在下一次会议上，你还可以试试这个方法。你一上来就问大家："你们觉得我干得怎么样？"说完这句话，你很有可能会面临令人恐怖的宁静。这说明这帮家伙

> 做更好的领导者需要更多的自省，需要让自己更敏感，需要建立一套使自己能经常得到真诚反馈的流程。

还不太习惯被你或其他人这么问，他们会感觉到如坐针毡。但是如果你等待的时间足够长，某位勇敢者很可能就会冒出一个真诚的答案。这时你要立即用鼓励的话对他表示感谢，并告诉其他人："这正是我们需要的，我们需要更多善意的批评。"

第4章 你就是最重要的领导者

在公司里，首席执行官（CEO）并不是最重要的领导——除非碰巧他是你的顶头上司。尽管 CEO 们总是舆论关注的焦点，但对于一家企业来说，CEO 们所得到的赞许或者指责往往都有些言过其实，那些评论远远超过他们实际的影响力。

你会问，倘若 CEO 不是最重要的领导，那么谁是呢？答案很简单。如果你在公司里是一名经理，对于直接向你汇报的人来讲，你就是最重要的领导。因为你关系到他们是否会留在公司工作，是否能有最佳表现，是否能赢得客户赞许，是否能分享公司的愿景和价值观……对他们来说，你比其他任何领导的影响力都重要。换句话讲，你就是他们的 CEO。

这并非危言耸听，我们有很多证据支持这个说法。举三个例子来看看吧。

- 当问及年轻人哪一类领导是他们最愿意选择的榜样时，年轻人把"家庭成员"作为第一选择，然后是老师、教练、社区领导。当问中年经理人同样的问题时，他们首先选择业务领导，其次是家庭成员，再次是教师和教练。

- 针对公司高层领导者所做的研究表明，预测事业成功的一个重要指标是他们与他们的第一任主管之间的关系。这种关系的性质和质量（例如，你的第一位主管对你的工作潜力有什么期望。）比你在哪儿上学，学习成绩怎样，学什么，父母是谁等都重要。

- 当问到什么对你的职业操守影响最大的时候，最常见的回答是"我老板的行为"。当问到什么是造成你部门违反职业操守的主要因素时，最常见的回答还是"我老板的行为"。

想一想，你注意到了什么？对话后面的潜台词是什么？当我们在领导力课上让学员们分享他们的观察时，一个观点变得非常清晰。那就是——对我们影响最大的领导者就是那些离我们最近的领导者。

当我们年少的时候，我们更倾向于把父母、老师、教练或者是社区领导，看成是领导者的典范。这是因为，相对于其他榜样来讲，我们与他们有更多的日常接触。他们的行为举止在我们眼里就是模仿的样本。

当我们离开学校，走上工作岗位后，我们更倾向于选择业务领导作为榜样。因为我们与他们接触得更频繁。但即便是这样，家庭成员、老师和教练也依然会紧随业务领导之后，成为我们的领导榜样。可见，早期的影响对我们有多重要，那些产生影响的人永远不会真正从我们的意识中消失。

在工作场合，无论在总裁办公室、零售商店、工厂车间、幕后、操作现场还是在公司总部，最能影响我们的人都是我们的顶头上司，不管这影响是正面的还是负面的。他总能影响我们的职业发展、我们的道德操守以及我们对工作的满意程度。

如果你是父母、教师、教练或者是社区领导，那你就是年轻人的榜样。他们不可能向嘻哈乐队（hip-hop）的歌手、电影明星、专业运动员或者是美国总统去寻求领导力方面的指导。当他们遇到竞争、危机、失败或者道德方面的困惑时，最有可能寻求支持的人不是别人，正是你。

> 我们的领导，最有可能是那些离我们最近、关系最密切的人。

我们的领导，最有可能是那些离我们最近、关系最密切的人。我们最愿意相信我们了解的人，愿意为他们勤奋工作。我们甚至愿意付出更大的努力，做出承诺去追随他们。

你很重要

在我们的研究中，有另外一个发现就是你很重要，你的领导才能很重要。有很多的资料可以证明这个观点。

不管你在生活中的角色是什么，你都会在某些领域里有所建树。你一定有机会成为榜样式的领导；你肯定能够影响他人的绩效，影响他人的所思、所见、所为；你甚至有可能使他人的生活发生改变。

也许现在，许多人会提出类似下面的观点："我的确相信这些关于领导力的说法，但是，你知道，我的老板可不像你说的那样，我该怎么办？"我们的回答是："你不能把责任都推给老板。不要因为你的老板做得不好，你就可以不做到最好。你的下属可不关心你的老板在做什么，他们在意的是你在做什么。"

当然，如果我们所有的领导者都能成为学习的榜样，那该有多好哇。如果每一位顶头上司都是领导力方面的楷模，成为众人仰慕的对象，那就太伟大了。我们的工作会变得多轻松啊，而且更容易成功。但问题是，并不是所有的经理都如此优秀。而且，即便你的经理是最优秀的，你也不能掉以轻心，不要想："我的经理做得太好了，我不用担心我自己做得怎么样。"

没有人能够逃避。每当你要领导别人的时候，你就要为你的领导质量负责。对父母来讲，可能就是如何教导孩子尊重邻居；

对老师来讲，可能就是如何鼓舞年轻人学习；对于教练来讲，可能就是如何激励你的队员，让他们意识到自己的潜能；对于社区领导来讲，可能就是如何鼓励公民参与活动。这里包括我们所有的人，我们每个人都必须对我们的表现负责。

> 每当你要领导别人的时候，你就要为你的领导质量负责。

对于我们每个人来讲，问题不是我是否起作用，而是我如何起作用？如果别人需要你来领导，你会如何带领他们呢？不是你的老板是如何做的，也不是 CEO 是如何做的，也不是那些著名的领导者们都是如何做的，而是你是如何做的。当人们展现出杰出的领导才能时，或表露出做事敷衍了事时，无须连篇累牍的统计数据，我们也知道别人会做出怎样的反应。现在需要扪心自问的是你自己到底做的如何。

要意识到，我们能有所贡献，既是一件令人欣喜的事情，也是一个潜在的负担。我们最能影响的人是我们身边的人，这是上天赠与我们的一份厚重的礼物——去改变别人的生活。我们获得了左右他人成长的权利，我们得到了让世界变得更美好的机会。

但同时，正因为我们对身边的人会有最大的影响，我们也很可能会感觉到责任的重大。我们可能会有很多的顾虑和懊恼。我们可能会怀疑是否完成了工作。我们可能会对自己说："我行吗？可别把事情搞砸了。"

别担心。我们人类有很强的适应能力。我们可以挽回一些损失，我们可以克服一些挫折，我们可以承受一些坏消息。但我们绝不容忍谎言与伪装，不能忍受装模作样的领导故弄玄虚，我们无法去尊敬那些制造障碍的人，我们也不喜欢优柔寡断和玩弄权力游戏的人。

因为你是组织中最重要的领导，面对复杂问题唯一的解决办法就是采取行动。那些只会坐着等待的人不可能会留下持久的印记，只有那些敢于站起来采取行动的人才会留下持久的印记。

> 只有那些敢于站起来采取行动的人才会留下持久的印记。

第 **5** 章　没有人愿意被忽视

没有人希望自己做什么事情都被看做是理所应当的。没有人喜欢被忽视、被怠慢、被埋没。朋友们不喜欢这样，夫妻之间不喜欢这样，孩子们不喜欢，父母们也不喜欢，员工们当然也不喜欢。

"我认为你已经知道我很感谢你所做的工作。"这句话不能激励人们更好地工作。因为我们想亲耳听到别人在感谢我们。否则我们怎么能知道自己对于其他人很重要？怎么能知道别人在关心我们？如果没有表示出来，别人怎么知道你到底是心存感激还是视而不见呢！

我们的研究清楚地表明，如果我们要登上顶峰，我们需要有人在耳边大声疾呼："加油！你行的，我知道你能行的！"对于这一观点，我们可不是轻易就承认的。很多时候，我们都认为只要自己一个人就能完成。对一些人来讲，被表扬、被认可不仅不重要，甚至是有害的。但是，实际上我们都需要鼓励。只有 2% 的经理认为激励对他们不起作用，而绝大多数人都认为激励能够使绩效更出色，激励能增强解决问题的能力，能改善人们的健康状况。否则的话，演员们为什么要面对着观众表演，而不干脆对着空房子唱歌，在空无一人的舞台上演出，或者自娱自乐？道理很简单，要想做到最好，我们都需要掌声和喝彩。

金考（Kinko's）公司的 CEO 加利·库森（Gary Kusin）费尽周折才感受到要感谢别人的重要性。他的 360 度反馈显示，尽管在其他方面他的反馈很好，但在感谢别人方面，他的反馈曲线几乎跑到了图的外边，没法再差了。

在对于公司一线员工的认可方面，加利通常表现得不错，但他不善于赞赏管理层和公司的高层人员。他的 360 度反馈结果显示，这些高管人员都喜爱并且尊重他。他们也能感受到加利很重视他们。但是他们指出："工作其实不只是工作那么简单。工作是要让人们知道自己很重要，他们艰苦的工作和努力都意义非凡，要让人们知道他们现在干得非常出色。"

对于加利来讲，以前没有发生过高层管理人员想要或者是需要被感谢的情况。当加利思考这个问题之后，他说，现在意识到"自己错了"。作为针对反馈所采取的行动，加利在一次每周例会上都对高层管理团队中的每个人分别提出表扬，赞扬每个人对公司的影响。"最开始他们觉得有点尴尬。"加利回忆道，而后他们

"感到非常自豪,因为我们完成了了不起的工作"。其实这一点我们都知道,只是以前没有谈论罢了。对于房间里的每个人来讲,这一刻都显得非常感人。显而易见,经常说说诸如"谢谢你,干得好。我感谢你和你为公司所做的工作"这样的话,是领导所要做的最重要的事情之一。

领导者习惯地认为可能其他人需要被激励,但他们自己肯定不需要。因为他们就是自我激励的专家。他们有着顶尖的绩效,是社会的精英。所以"没有激励我也可以做得很好"。然而,他们实在是大错特错了。加利讲道:"我是公司八名战略管理委员会成员之一,当我的同事们做了一件非常出色的事情,我会把它讲出来。你知道吗?他们真的很喜欢我这样做。我也要承认,虽然我不认为自己需要从他们那里得到正面的反馈,然而当我得到这样的反馈时,我也很喜欢。"

毛瑞斯·塞托斯(Maurice Settles)是联邦快递的一位高级经理。他非常认同加利的观点,他举了这样一个例子。毛瑞斯手下有一位经理,她认为雇员真的不需要主管说他们干得不错。"他们的工资和福利已经是对他们的充分感谢了。"对此毛瑞斯并不赞同,他认为激励他人可以促进绩效。于是他找到这位经理并设法说服了她。毛瑞斯是这么做的,他知道她喜欢橄榄球,于是就问她:

"你去看橄榄球比赛的时候，当你支持的球队第一次得分，你会欢呼吗？"

"会的。"她说。

"那么当四分卫完成了一次传球，你会欢呼吗？"他问。

她的回答又是"会的"。而后，毛瑞斯阐述了自己的观点。"你为什么要欢呼呢？他们打比赛可是挣工资的。当他们触地的时候，他们会有奖金。可我们依然会为他们喝彩，不是么？那我们的员工呢？我们是不是也该做同样的事情？"她茅塞顿开，立即开始给予员工更多的表扬和感谢。她认识到，人们不管得到多少工资，依然喜欢听到高声喝彩。

"谢谢"并不是 CEO 的专利。任何人都能体会到感谢和激励他人的重要性。埃瑞克·诺明顿（Eric Normington）是宽广领域管理服务公司（Wide Area Management Services）的销售总监。他经常会寻找机会去表扬其他部门的员工。这些人和他的部门一起工作，以便最好地满足客户需求。埃瑞克发现，不管他们来自哪个部门，他公开感谢的越多，双赢的结果就越明显。"这么做更有利于加强两队成员之间的联系。"埃瑞克分享了这样的观点，"我不认为他们干得好是应该的。即使那些人不直接向我汇报，我也应该抽出时间去激励他们，因为每个人都希望得到表扬，哪怕是最起码的'谢谢你'。"

有很多种方法能做到这一点。找到说"谢谢你"的机会,就是让别人知道你在感激他们所做的贡献。如果你不说"谢谢你",那会让他们感到他们所做的事情无足轻重,没有人在意他们在做什么。这种感受跟我们送出礼物,而对方没有说谢谢是一样的。我们会后悔为什么要送礼物给他。把杰出的贡献看成是一件礼物,听起来有点滑稽,尤其是人们还获得了报酬。但这样想会非常有用。请记住,人们可以选择是否超越工作的要求。当人们的努力得到感谢的时候;他们更愿意选择超越。

我们的努力需要被关注、被认可、被感激,这是最基本的需求。志愿者、教师、医生、神职人员、政治家,与那些维护人员、销售人员或者是处在公司领导层的人员一样,都有这样的需求。高度创新的公司与那些创新不足的公司相比,有大量的关于感谢的故事,这一点也不奇怪。非凡的成就绝不会在冷漠和毫无感激之情的环境中产生出来。

感谢的便条、表扬的记事贴、认可的牌匾,并不是让人们不断增加承诺的好方法。让这些方法更有效的做法是给出真心的关怀和尊重。我们需要指出,除非人们得到领导的感谢,否则任何重大的成就都不可能实现。被忽视的人是不会全力以赴去完成伟大事业的。

在生活中,很少有事情可以不用他人帮助,完全凭自己来完成。在领导事务方面,也没有哪件事情是可以单独完成的。确实没有。不管你是 CEO 还是班组长，执行总监还是志愿者，是协调员，是大学校长，还是团队领导，你永远、永远不可能一个人做好所有的事。一个领导者的印记，实际上是许多人的印记。虽然领导者们有独特的贡献，但其他人也承担了重要的角色。表达出你的感谢，可以让每个人意识到他们没有被想当然，没有被主观臆断，没有被忽视。他们将意识到，在完成一项意义重大的工作中他们是多么的重要。

> 表达出你的感谢，可以让每个人意识到他们没有被想当然，没有被主观臆断，没有被忽视。

第 2 部分　关系篇

Relationships

领导是一种人际关系。这种关系存在于两种人之间，一种是渴望带领他人的人，另一种是愿意去追随别人的人。无论这种关系是针对个体还是群体，都需要人们的参与。无论我们的职位赋予我们多少权力，你能否留下持久的印记关键还在于人们是否愿意置身于与我们的关系之中。他们随时可以决定是追随还是逃避，是喝彩还是嘲弄；他们可以铭记我们，也可以忘记我们。领导者需要与他人的内心世界建立情感纽带。毋庸置疑，谈论领导就必须考虑这种关系的质量。

> 领导者需要与他人的内心世界建立情感纽带。

持久的成功取决于人们是否喜爱他们的领导者。推而论之，所有的领导者都应该希望得到人们的喜爱。那些毫不关心人们是否喜爱自己的人绝不可能有最佳的绩效。激励自己去赢得人们的喜爱，可以使我们收获更多的技能，如倾听、教导、开发技能、提供选择、建立联系等。这些都能带来更高的业绩。

当然，希望得到大家的喜爱并不意味着要"与群众打成一片"。优秀的领导者并不是对缺点和问题纵容放任的人。事实上，在今天这个多元化的世界里，性格各异的人们不能总是在意见上达成一致，这就要求领导者既要学会灵活对待不同的工作风格，又要坚定地执行统一的标准。对领导者的期待就是，他们能够组建这样的一支团队：每个团队成员都能积极地表达自己的异议，同时又能充满活力地向着崇高的目标携手前进。

　　领导者需要建立信任关系。这是完成任何事情的前提。最大的信任莫过于将我们的印记交给那些追随我们的人。但是，我们不能太随意地对待这种信任关系。我们不能想当然地认为只要我们需要，信任就会招之即来。信任需要我们不懈地努力，需要你去建立、培养和呵护它。

　　关于人际关系，人类的历史见证了那些至关重要的事情。那就是，每个人都渴望自由，每个人都希望自己拥有决策权。每个人都想掌握自己的命运。每个人都希望自己对自己的生活负责。所以，只有那些能够让人们享受自由的领导者才会留下持久的印记。

> 只有那些能够让人们享受自由的领导者才会留下持久的印记。

第6章 领导者是人

前些年我们有幸与担任美国诺斯洛普格拉曼公司（Northrop Grumman Corporation）的 CEO、总经理兼董事长之职的让·赛格（Ron Sugar）共同主持了一个领导力开发项目。在每一次会议上，让说话之前，都要走到教室的前面，坐在钢琴旁，弹上一曲。

当弹完最后一个音符之后，让会转身面向他的做高管的同事们，问："有人知道我为什么用弹钢琴来开始我们的会议吗？"接着，他会解释其中的奥妙："如果大家要追随你，他们就需要更多地了解你，而不仅仅知道你是他们的老板。他们需要知道你到底是怎样的一个人，比如你的希望、你的梦想、你的天赋、你的期望和你的爱。"

"领导者是人，"让进一步指出，"除非你知道你是谁，你准备做什么以及为什么做，否则你就别指望你所做的每一件事都是伟大的。"让会问他的同事们："你的同事和下属是否都了解你？他们知道你是谁吗？知道你关心什么吗？而他们又为什么要追随你呢？"

有一天，当我与一些来自不同组织中的人分享这个故事的时候，一位参与者，我们姑且称呼他为迈克吧，通过一个他们公司的新 CEO 的故事，来强调这一点是多么的重要。那天，迈克看到这位新来的 CEO 在和公司里的人一一见面，他告诉大家他对于公司的愿景，以及大家应该怎样去实现它。"CEO 讲得好极了，他站在那里好像就是要让大家了解他。于是有人问他：'当你不工作的时候，你喜欢做什么呢？'那位 CEO 听到这个问题，眼都不眨一下地回答说：'那是我个人的事情，与此无关，下一个问题。'你们可以想象当时每个人有多吃惊。"

"可是，这确实是个不能回避的问题，对不对！"迈克苦笑，"大家会问，这家伙是谁呀？他到底关心什么呀？我们为什么要跟着他干啊？他连这样简单的事都不愿意告诉我们！我们凭什么要相信他呀？我们连他是谁都不知道！"的确，我们不

> 我们不会追随一个不能向我们敞开心扉的人。

会追随一个不能向我们敞开心扉的人。我们会怀疑他，会从内心深处不愿意信任这个人。

让和迈克的例子都说到了点上。人们希望了解你。他们想知道你的价值观与信仰，想知道你的目标与期望，想知道你的希望与梦想。他们想知道谁对你的影响最大，你为你做的工作都准备

了什么，你到底是个怎样的人。他们希望了解是什么在激励你，什么使你感到快乐，什么会使你自责。他们想知道你是否会弹钢琴或是其他的什么。他们希望了解你的家庭，这并不是刺探隐私。这是在逐步建立信任，因为每个人都更愿意相信那些他们了解的人。对于我们的领导者，我们了解得越多就越会信任他。当然，在你与别人分享你的信息之前，你需自己先弄清楚。换句话说，就是在别人真正地了解你之前，你需要先了解你自己。

> 领导力是一种存在于渴望做领导的人和选择追随的人之间的关系。

虽然我们已经多次重复这个话题，但还是值得再次提起。那就是，领导力是一种存在于渴望做领导的人和选择追随的人之间的关系。或许过去曾经有过领导者只需发号施令就可以赢得承诺的时代，但那已经过去了！现在人们更愿意追随的是人而不是某个职务。所以，如果你对人际关系不够关注的话，人们追随你的意愿就不会太高。

莱姆·达斯（Ram Dass）是前哈佛的教授，后来成为精神导师。他曾经指出："你能为别人做什么，你就刚好是什么样的人，不多也不少。"对于领导者，我们也可以套用此话。你能为你的下属做什么你就是什么样的领导。你是一个完整的人，你不只是肩膀上扛着个脑袋，你带着个人习性、习惯、优点、缺点、成功、失败、爱恨以及其他特质，你是一个独一无二的个体。在下属面前隐藏这些，也就束缚了你去激励他们的某些潜力。

许多人认为，作为领导者不能与下属走得过近。理由是，与下属走得过近，不仅会影响自己的判断力，还会在做一些不寻常的决定时受到干扰。Stack3，Inc.的创始人兼副总裁谢尔盖·尼基弗洛夫（Sergey Nikiforov）告诉我们："我多年来一直盲目地坚守着这些原则，从来都没有认真地想过这是否正确。"有一天，他突发奇想，如果在工作的地方与下属建立"正常的人际交往"会怎样？

我通知我的技术部员工，如果时间允许的话，我想和大家在当地的一个餐厅共同进餐。回答我的是一些异样的目光和缄默。那天，我稍微提前了一些时间到达餐厅，满怀期待地在一个空桌子旁等候。会有人来吗？在办公室之外这么一个非正式的地方聚会，他们会有顾虑吗？结果，一个接一个，我的员工们开始出现了。

开始的情形并不好，每个人都把脑袋埋进菜单里。最后我决定打破僵局，我告诉他们这次聚会与工作无关，我想要做的就是要打破上下级之间的障碍，更好地了解大家。我说："作为专家，各位都很称职，但工作之外，我对大家的了解是稀里糊涂，一知半解。"我向他们道歉，希望他们将这次聚餐看做是一个良好心愿的信号，是我向他们伸出的友好之手，是作为人与人之间，而不是管理层面的一次交流。

结果表明，他们也深有同感，员工们只知道我是老板，是专家，但工作之外我到底是怎样一个人，他们也不清楚。那天晚上我们在一起待了有四个钟头！他们非常乐意分享他们的个人生活、期望、习惯、度假计划，还有许多别的事情。在我们彼此分享的过程中，我意识到我与他们之间的关系在没有这样的接触之前，存在着多么大的缺陷。在没有建立个人纽带之前，我的信息实在是太有限了。这件事证明了一个简单的道理，到外面餐厅的聚会有助于我们发现共同点，使我们能用开放的心态更认真地倾听彼此的声音。

我们希望所有的领导者能够尝试谢尔盖的做法。他的启示是极有吸引力的，它如实地揭示了一个追求卓越的领导者的真谛。要想做到最好，你就要充分展示你的人性。这是你与他人建立真实纽带的唯一途径。

> 我们不是生活在孤岛上，我们生活在由各种各样的人组成的公司中，我们的印记就留在那里。

我们不是生活在孤岛上，我们生活在由各种各样的人组成的公司中，我们的印记就留在那里。人际关系的质量决定着我们的印记是转瞬即逝的还是永恒流传的。

第7章 领导者应该希望得到别人的喜欢

几年前，我们曾经邀请埃尔文·费德曼（Irwin Federman）为圣克拉拉大学的一些 MBA 学生演讲。埃尔文主修的是财务专业，曾是一家高科技企业的 CEO，现在是美国风险合作公司（US Venture Partners）的合伙人。我们写书的时候就曾经采访过他，他有许多独到的见解可以与我们分享。埃尔文在演讲那天说的话至今依然发人深省。

他说："你不会因为他是谁而去爱他，你爱他只是因为他做事的方式。这个公理在公司中同样适用。"

听到这些，许多学生有些困惑。的确，"爱"这个词从一个 CEO 及风险投资人的嘴里说出来有些匪夷所思。这不像他们在公司或上课的时候听到的话。实际上，埃尔文也指出这确实非同一般。"在生意场上用爱或慈爱这些词看上去有些不合时宜，传统的智慧告诉我们管理不是作秀。"

他接着说："但我还是认为，所有的事情都是一样的道理，我们会为我们喜欢的人更努力地工作，更有效率地工作。人们喜欢我们的程度与我们使他们感受到的成正比。"

埃尔文讲的千真万确，我们不用去读堆积如山的情商研究资料就能理解。我们会为我们爱的人更努力和更高效地工作，因为只有爱人者才会人恒爱之。

距此事不到一周的时间，在一次课上，一位高级经理对此发表意见，他说："我才不在乎别人是否喜欢我，我只是希望他们尊重我！"说真的，这完全是无稽之谈。推敲一下他的话，被喜欢和被尊重难道是一个单选题吗？我们只能局限于或者被喜欢或者被尊重吗？我们不能同时得到喜欢和尊重吗？我们不能既喜欢又尊重同一个人吗？

> 假使我们不能够同时拥有喜欢和尊重的话，那么我们就选择喜欢而不是尊重。

当人们与我们谈起他们尊敬的领导时，很多人会说："我们愿意为了他而加班，为了他而殚精竭虑，为了他死不足惜。"我们从来没有听到过某个人说："我讨厌那个女人，但我会追随她直到天长地久！"或者"他是一个真正的土包子，但我相信我愿意为他尽心尽力地工作。"由此我们可以看出，人们心甘情愿去追随的领导一定是他们爱戴的人。所以，对于卓越的领导者和他的下属来说，"爱"并不是一个过分的用语。

　　假使我们不能够同时拥有喜欢和尊重的话，那么我们就选择喜欢而不是尊重。当人们不得不屈从于权力或者被威逼恐吓时，没人愿意与恐吓者待在同一个房间里，除非是迫不得已，否则都想躲得越远越好。当我们不喜欢一个人的时候，我们就不愿意待在他身边，不愿意为他工作，为他演出或者跟他做生意。

　　对于这个主题，所有的研究都清晰地表明：当领导者能够尊重、倾听、支持、认可人们，让人们感到自己很重要，培养人们的技能，表现出对人们有信心时，人们的绩效就会更加卓著。在人生的每一次成功中，有没有能力赢得别人的爱是至关重要的因素。

　　被喜欢可以使领导者的工作变得更容易。当人们喜欢你时，你会更容易取得人们的信任，更容易让人们倾听，更容易让人们齐心协力，更容易让人们全力以赴，更容易赚钱或者更容易让人们接受坏消息，当然你也会因此而更加健康。

　　所以，当有人说"我不在乎人们是否喜欢我"的时候，他内心真的这么想吗？我们不能苟同。当一切证据都表明人们喜欢的领导会更有佳绩时，怎么还能有人不想被喜欢呢？再者，他所说的"人们"指的是谁呢？如果他的配偶不喜欢他，他真的无所谓吗？如果他的孩子、他的雇员、他的生意伙伴都不喜欢他，甚至他的朋友们（他会有朋友吗？）都不喜欢他，他都无所谓吗？

　　或许他们想说的是："如果我与下属走得太近，让他们喜欢我，我就会在工作上面临一些棘手的事情。比如说，炒人的鱿鱼，批评一些人的糟糕业绩，或者让他们提高标准加强责任感什么的。这对我来说非常困难，所以我就得身披铠甲，以防处理那些难题时让自己受伤或心情不佳。"

对于大多数人来说，这种感受比"我不在乎他们是否喜欢我"更真实。我们喜欢工作中的灵感、活力、创新、快乐，不喜欢工作中对别人不利的或让我们有负罪感的事。当领导别人的时候，如果只做那些给别人和自己都能带来快乐的事情，那就再好不过了。

但作为领导者，你面临的现实就是，有些时候你会伤害别人或者被伤害，你不可能轻轻敲一下键盘就可以将这些从你的工作中删除。你也不可能让其他人来做这些事情，因为这是你的职责。

作为领导者，你还要面对另一个现实——不是所有的人都喜欢你。尤其当你对你信奉的价值观和愿景笃信不已的时候，你根本不可能让所有的人对你的言行都感到快乐。

然而，这些现实不会阻挡我们想得到别人喜欢的意愿。全心全意地让别人喜欢我们，会比仅想得到别人的尊重有更多的赋能行为；全心全意地让别人喜欢我们，会使我们更多地去关注别人而不是我们自己。

最近在会议上分享这些想法时，我们又增加了一个推论："如果有些人不想得到别人的喜欢，那么他们可能不是领导者。"高管教练 Sharon Jordan-Evans，是《爱他们，否则失去他们》一书的作者之一，她认为我们的结论应该稍微修改一下。她认为我们应该加上"除非这个人愿意改变他的行为"。她讲了一个她正在辅导的一个人的故事，这位高层管理者正为他得到的一些反馈而苦恼。他告诉 Sharon："人们说我是他们身边最聪明的人。"他说："我当然想被大家认为很聪明；但我更想让大家认为我是他们身边最好的人。"对于这位领导来说，他算得上是孺子可教也。好与聪明，友善与强硬，爱和索取，在现实生活中并不是对立的，而正是它们使我们成为一个鲜活的人。

当然，要得到别人的喜欢，你必须付出努力。这不仅与你的性格有关，更在于你在别人面前如何表现，显然这和

> 要得到别人的喜欢，你必须付出努力。

你的行为有关。既然是行为，其中就有一定的技巧。如果你愿意的话，你一定可以通过学习使自己做得更好。就像埃尔文所言："人们喜欢我们的程度与我们使他们得到的感受成正比。"如果想让人们感受到被鼓励、被信任、被关心，感受到他们具有超乎想象的做事能力，你就需要付出诸多的努力。

最后给大家一个建议，如果你手下真有这么一个领导者，他真的从不在乎别人是否喜欢他，奉劝你还是炒他的鱿鱼吧。或许他会因此不喜欢你，但其他人会喜欢你的。

第8章　如果不能达成共识，那就寻求理解

假设你所追随的领导者与你的观点不同，你怎样带领其他人呢？如果你的领导不能在某些事情上与你们有共同的价值观、愿景和激情，相信这种挫折感会让你难以用语言来形容。你的核心价值观会遭受挑战，你的奉献精神也会经受考验，你会彻夜难眠，质疑你的信誉，贬低自己的价值。而你的印记也就岌岌可危了。

我们的直觉或许会对我们说放弃、走人、逃之夭夭。要知道，自从冰河世纪起，动物就具有了逃避危险的本能。但问题是，我们能逃到哪里呢？即便是个好领导我们也不可能对他所做的每一件事都同意，更何况我们还要同许多人打交道：直接上司、同事、

客户、朋友以及家人……我们总会有与别人意见相左的时候，逃避并不是一个好办法。另外，离开了你的人脉关系，你很难留下印记。

当然，某些情况下逃避也是一个可推荐的选择。比如，你为他工作而他却不诚实或不道德，他刚愎自用、爱吹牛、性骚扰、偏见等，那你还是三十六计走为上吧。你勇于远离欺诈、欺骗、不法行为的壮举会为其他人树立楷模。当然这是比较极端的情况。通常情况下，事情并不这么显而易见。

> 离开了你的人脉关系，你很难留下印记。

下面埃瑞克·比兹埃利（Eric Piziali）的案例值得借鉴。埃瑞克是日立数据系统公司的高级财务分析师，他告诉我们当他与领导意见相左时，他是如何在徘徊不定中发挥他的领导作用的。

在我职业的早期，另找一份工作好像是更切合实际的可能方案。然而，当我在同一个工作环境中反思这十年的经历时，我意识到这其实也是拓展自己技能的机会，有助于克服未来遭遇到的大量困难。特别地，这是一个难得的机会让你展示你的领导力，同时学会如何与观点不同的人共事。当你与一些人关系不融洽时，别人是能够看出来的，同样，当你能够解决这些问题的时候，别人也有目共睹。换而言之，你作为可以信任的人和具有领导能力的人正在崭露头角。

经验是最好的老师，并不是所有的经历都是令人愉快的，冲突和关系紧张不可避免。和那些令你感到困难的人共事是难得的锻炼机会，这有助于你学会处理最具挑战性的工作。

我们的同事罗杰·哈里森（Roger Harrison），是一位咨询顾问兼作家，在经历了一次特别艰苦的挑战之后他对我们说："你的敌人也是你的老师。"一开始，我们以为罗杰脑子出问题了，他参加了太多敏感性话题的培训课，读了太多思想前卫的书。但随着我们多次揣摩他所说的话，越来越觉得他说的有道理。其实，罗杰想告诉我们的就是每次激烈的冲突都是我们学习的机会。无论何时，一旦你与某人发生了激烈的冲突，你就要扪心自问："我要从中学到什么？这个人或者这个情况能教会我什么？"你或许因此能发现自身的能力不足或者搞清楚什么对你来说才是最重要的，甚至是生死攸关的。最重要的是，你有了更清晰的自我认知度——自我认知度的提高预示着在领导方面将获得成功。

你能改变的只有你自己

更多地了解我们自己是弥补差异的第一步，更多地了解别人是第二步。看看 LSI Logic 的市场分析员艾琳·马休（Elaine Mathews）是如何认识到这一点的。

两年前我就有了现在的这位老板，她最初根本不认可我的工作，这让我很困惑，因为在高级管理层眼中我一直被看做是一个明星员工，我曾因此而备受鼓舞，但她显然对我的情况不了解。于是，我决定和她谈谈，顺便也搞清楚什么才是她认为的"干得好"的标准。我们一起做项目，每周讨论，按季度总结回顾。我比较习惯使用正式的职业化的沟通方式，但我注意到她喜欢用一种随意的、像老朋友之间谈话那样的方式，于是我调整了我的讲话方式来适应她的习惯。

通过共同完成项目，她知道我不但是一个追求高质量工作的人，而且还是一个值得信赖的人。我向她表明我非常想进入战略计划部门，于是她协调安排我到那个部门里做一个特别的项目——那个项目进展得很好。当我得知我的第一次考评是非常积极，而第二次几乎是优秀的时候，我如释重负。

艾琳通过与她的经理的磨合，学到了很有价值的东西。她懂得了自己可以学会适应。她学会了通过改变自己的沟通方式，最终改变了经理对她的看法。

不同的观点并不意味着非此即彼。世界是非常复杂的，很多时候可能是你对待别人的方式行不通。我们能够给你的最好建议就是永远不要期望别人会改变。你是无法控制他人的，唯一可以控制的只有你自己，甚至有时连这个也令人质疑！

> 当冲突出现时，要记得只把它与具体事件相联系，千万不要把它与人性联系在一起。

我们有责任伸出援助之手、理解他人，进而创建行之有效的沟通渠道，比如让我们的上司明白怎样帮助我们取得成功。理解他人的工作风格，洞悉他们面临的挑战也对建立高效的合作伙伴关系很有裨益。即使在最好的伙伴关系中，不同见解和冲突也会出现。当冲突出现时，要记得只把它与具体事件相联系，千万不要把它与人性联系在一起。

关注目的，而不是人

我们经常注意到，当我们与他人陷入交流困境时，尽管在做事风格上有严重的分歧，但如果目的和目标一致，我们还是能与其他人站到一起的。我们会接受那些与我们终点相同的人，尽管在到达那里的途径上有不同意见。当我们的心都牵挂在同一个地方时，我们向前走就容易多了。

这个原则适用于所有的关系，如与领导、与同事、与直接下属之间的关系。艾米·高德凡（Amy Goldfine）在 WTUL——Tulane 大学学生电台出任总经理，他的故事诠释了这个原则的重要性。WTUL 有上百名 DJ，另有约 30 位高级职员，艾米在与一位女高级管理人员共事时遭遇了非常困难的处境。

凯兰（Karyn）态度生硬，并且人际沟通能力也不佳，在一些事情上对我很不尊重。当然，她工作很努力，经常用大量的时间去做别人不愿做的事情，所以她才一直连任那个职位。

在遭遇一次挫折后，我就这位女士的表现向我的顾问大吐苦水。顾问听后对我说："艾米，你肯定改变不了凯兰。但一定要记住，她的心放得很正。她和你一样都爱这个电台。"顾问说得非常正确，凯兰和我都在致力于我们共同的事业。因为认识到这一点，尽管我不能说她不再给我惹麻烦，但我确实能够忽略不少麻烦。

当你陷入困境或关系紧张时，首先要搞清楚的是，是不是每一个人都有共同的目标与目的。这对于明确方向以及努力让每个人回到队伍中来是至关重要的。一旦你们确立了共同的目标并且按共同的规范运作，你们彼此就会更加理解，这样可以减少事后对别人动机的议论，也不会再轻易为他人的工作风格而苦恼不已了。

提倡建设性的直言犯上

作为领导者应该提倡、支持建设性的直言犯上。有这样一个说法："如果你们总是观点一致，另外一个人的存在就是多余的。"这句话在今天再正确不过了。当每个人都表示同意时，尤其是为了顾及大家的面子而表示同意时，我们就不可能得到最好的结果。为了证实这个论点，研究人员组织了50组学生模拟凶杀探案。他们发现这些人当中具有多元社会背景和经验的人最有可能破解案例，而由类似背景的人组成的小组不仅容易出现错误，而且更容易坚持错误！

> 我们需要的是愿意支持我们并且愿意发出不同声音的人。

我们不能忍受周边都是只会说"是"的应声虫。我们需要的是愿意支持我们并且愿意发出不同声音的人。或许我们从来都没有想过，别人会看到我们看不到的地方——甚至会有超乎我们想象的好方案。

历史学者陶瑞斯·科恩斯·古德温（Doris Kearns Goodwin）给我们讲了一个关于亚伯拉罕·林肯的故事。当时林肯曾热衷于聘用那些在选举中被他打败的人，他让他们进入内阁。科恩斯谈到了林肯的这个技巧，她称之为"对手团队"。

林肯是个政治天才，他身上拥有众多杰出的品质。这些品质可以让他与当初反对他的人建立友谊，并修复受伤的情感（不加以修复，就有可能恶化成为持久的对抗）。他会勇于承担下属失败的责任，分享信誉并从错误中学习。

林肯的故事给予我们这样的一些启示，他能够在爆发内战的极端恶劣的条件下，领导由对手组成的团队，那么我们为什么不能更自信地解决好自己团队内部的冲突呢？

如果我们能意识到今天多元化的天才员工的卓越之处，我们就应该允许人们从各个角度进行辩论。我们并不是要去赢得每一次辩论，而是要在决策时达到思想统一，去赢得终极目标的胜利。历经激烈争辩之后产生的智慧，远比总是随声附和得到的决定更有创造性和持久性。

第9章　你不能把信任想当然

信任如同社交黏合剂，把人们凝聚在一起。缺少了它，我们不可能完成任何有意义的工作。但有些时候，信任需要经受考验。于是我们就有了信任受打击的经历。

有一次，在我们的领导力研修班上。巴里（Barry）主持了一个叫"信任背摔"（trust fall）的活动。你或许做过这个活动，假如没有做过，想象下面的场景。

你们的工作小组在一个非工作场合聚会，参加团队建设活动，其中之一叫"信任背摔"。团队成员分两排，每排六个人，两排间隔二英尺（约0.6米），面对面站立。在排头位置有一个高台。每一位团队成员依次站到四英尺（约 1.2 米）高的高台上。背对着团队，两臂交叉身体保持平直，然后向后倒下。团队的共同目标就是下面的队员同时伸出手臂，为上面倒下来的队友组成一个安全舒适的摇篮，接住自己的队友。

第一个人爬上台阶，做了个标准的动作。下面的队员伸出手接住了她，然后将她安全地放在了地上。这个队员松了口气，然后感谢每位队员。紧接着第二个队员上去。同样，他也完成了这个动作，大家也接住了他。队员们一个接一个上去，下面的队员只是适当的时候根据情况（比如，背摔队员是轻还是重，是高还是矮，等等）做些调整，他们接住了每一个人。

大家觉得自己以及团队的表现都非常好。他们亲历了信任的考验，明白了信任是怎样起作用的。知道了信任别人的意义是什么，也了解了别人给予自己信任的意义是什么。他们体验到信任是如何将自己和其他人联系在一起的，以及他们怎样依靠合作来完成那些靠个人不可能完成的事情。

在过去的岁月中，像这样的团队建设我们目睹和参与过数百次了。在这次活动上，小组成员们邀请巴里作为一名背摔队员参与他们的活动，下面就是巴里亲身经历的过程。

这个活动我参加过很多次了，于是我提议尝试一些新的变化。我对组员们说："这样好不好，我躺在地上，与上面背摔的队员在一个通道上，拍一些每个人接住队员的照片。千万记住，你们一定要接住他，否则他就会直接砸在我身上了！"我补充道："看到你们刚才已经完成的表现，我相信你们可以再次完成它。"

然后，这个团队开始照方抓药，像此前成功完成的十次那样，组织大家站好队伍。不过这次有一些队员对手头的工作不是很注意，没有像其他人那样及时将手举起来。剩下的队员承受不了那位队员的重量，没能接住。结果他从他们的手臂丛中跌落，直接砸在我的身上。当然，那位摔下来的队员并没有受伤，这不有我给他垫背吗！不过，我可是疼得连气都喘不出来了。（后经诊断有数根肋骨骨裂。）

几个人把我搀扶着站了起来，他们不停地说"对不起"、"有问题吗"、"你还行吗"、"我们真的搞砸了"、"我们注意力不够集中"、"我们太自负了"、"你以后再也不会这么做了，是么"等。

我过了一会儿才缓过气来。我该如何回复大家呢？特别是最后一句话"你以后再也不会这么做了，是么"。它所传达的信息是"你信任我们了，但你看结果却是这样"。

应该吸取的教训是什么呢？哪儿都有冤大头，只不过这回是我。在我慢慢缓过劲来并且思考之后，我总结出两条关键原则（并非向大家推荐体验式学习）。

原则一：信任需要你持续地呵护，永远不能对它想当然。这一原则适用于所有的人际关系。

原则二：信任有时会失去。请参考原则一。

我一直遵守这些原则，相信对那个参加这次体验活动的团队也大有裨益。那天在后面的活动中再也没有出过什么事，但对于信任的学习，反而是这次失败比所有的成功经历更有强化作用。

你不能把信任想当然

信任是什么？信任是敞开胸怀；信任是认可别人的价值，倾听他们的声音；信任是对别人意见或感知的尊重；信任意味着你要离开你的舒适区，撇开你常用的方式，甚或是"原来一直是这样做的"的想法；信任需要彼此的真诚，它意味着你不能随意承诺你做不到的事情，即使你非常想做的事情也不能夸海口；信任需要有让别人负责的意愿，但同时能容忍他们在处理从未做过的事情时犯错误。

对于领导者而言，信任意味着愿意承受挫折并对他人敞开胸怀，即使有可能冒着真正的风险。（就像别人砸在你身上一样！）信任就是依靠别人，对别人充满信心，这对我们这些佼佼者来说

> 对于领导者而言，信任意味着愿意承受挫折并对他人敞开胸怀，即使有可能冒着真正的风险。

非常困难，对于领导者来说更是如此，谁都不喜欢那种没有防御的、脆弱的、无助的和危险的感受。然而你要知道，你的业绩取决于别人工作的结果，而不仅仅是你自己的。如果信任别人会令你易受伤害，而你恰恰又是领导者，那就意味着你的生活和事业都走在了钢丝上。这与媒介或漫画书中领导者那种坚毅的、不能征服的、不屈不挠的形象完全相反，与唐纳德·特朗普（Donald Trump）在《飞黄腾达》中扮演的老板那样肆意咆哮"你被炒了！"的情形形成鲜明的对比。

如果你不信任别人会怎样呢？许多事情无法完成，你要自己干更多的工作，你要留下来检查别人的工作，事无巨细地包揽一切。这样的结果会使你从你的团队中得到更少而不是更多，你越不相信他们，就越会在言行上表现出对他们没有信心。作为回报，他们也就越来越不信任你。最终，你会被工作负担和压力拖垮。显而易见，事业成功的最大障碍就是不信任别人。

> 如果你想得到最好的人际关系和结果，你必须信任。

所以，如果你想得到最好的人际关系和结果，你必须信任。你必须了解信任游戏的真谛，那就是领导者首先要下赌注。你要花很长时间去建立人际关系，用心聆听别人的声音，了解他们的能力、需求、愿望，你与他们分享你的价值观，同时你要对规范明了于心。比如，你可以根据人们做事的方式而不是他们在组织中的位置来决定什么是可以接受的，什么是不可以接受的。这就意味着你要施行同样的绩效标准、同样高的客户期望值以及为什么那样做。

信任有时会丧失

有时候，尽管我们都尽了最大的努力，但人们还是不能胜任他们的工作；有时候，他们令我们很失落；有时候他们甚至会背叛我们——信任的社会约定不够严谨，那我们该怎样做？

你希望能够安全，能够隐藏自己，能够远离危险。掌控一切对你来说或许很有诱惑力，但那会怎样呢？你经常盯着下属，时时检查他们的工作，他们会怎样呢？你向下属传递不信任的信号，他们又会怎样？作为领导者，你或许认为你抓得越紧就越能保住自己的位置，然而事实恰恰相反。如果你不能抵挡这种诱惑，你可能就会自设障碍，可能会太在意一己之私，可能会放弃组织利益甚至会变得故步自封。自然，下属也会开始躲避你，不再信任你，恶性循环就这样开始了。人们会选择离你而去，当然你也可能因为低水平的绩效表现而率先出局。

我们给你的唯一建议是记住原则一，持续地建立和维护信任，不断改进人际关系，不断加深彼此的理解，不断地寻求一致。记住那天所发生的一幕，

> 持续地建立和维护信任，不断改进人际关系，不断加深彼此的理解，不断地寻求一致。

之所以团队成员会从他们的胳膊中跌落，就是因为每个人都以为信任会一直存在！他们以为每个人都在做他们分内的事，并会继续把它做好。但就在那一刻，他们失败了。

团队通过那个失败的活动，深刻地体会到了信任危机带来的严重后果。你可以猜到他们之后的表现。他们在接下来的项目中不断地检查，不断地互相监督，他们非常珍惜巴里给他们的机会——即使他们搞砸了，他们的领导也没有放弃他们，没有对他们失去信心，于是他们超乎人们的想象而更勤奋更高效地工作。

这就是来自信任的回报，也是我们要传承的关于信任的印记。

第10章　放手让员工去做

　　"有种想法总困扰着我。"一个部门经理提高声音对我们说，"如果大家都是领导者，那我们怎样让他们一起工作啊？"在公司上下全员发展领导力确实是惊人的想法，尤其是在等级森严的组织中。如果每个人都像领导者那样任意地改变游戏规则，那看上去只会是一塌糊涂。自由，对于一些人来说，脑海中显现的就是无政府状态。于是在实际上常常矫枉过正，在公司里普遍的情况都是控制得过多。但控制越多，抗拒就越大。所以优秀的领导者总是不厌其烦地告诉我们，当他们放手让下属去做的时候，往往会得到最好的承诺。

　　看看在一家跨国公司工作的桑塔·班塞尔（Samta Bansal）是如何玩转她的团队的："对我的工作最有效的方法就是，给予团队成员高度的自由和权利，表现出对他们的信任与信心。这些提高了他们对于项目的承诺度。"她告诉我们这些行为需要付出全身心的努力："交出权力的想法让我感觉很不舒服，学会实践这种观点的过程确实是令人惭愧、一言难尽。不过，一旦我开始创建信任的氛围并清晰地告诉我的团队他们具有了独立性，团队的责任感和可靠性就同时增长了。人们开始拥有这个工作而不是把它看做是团队的义务。"桑塔和其他与我们共同工作的人一样，意识到了扩大选择的自由度能够增强个人的责任感、承诺度，以及生产力。

没人喜欢微观管理者

当我们问 IBM 存储事业部总监布鲁斯·西尔斯伯格（Bruce Hillsberg），他是怎样保持团队的高绩效时，他不假思索地回答："用聪明和有能力的人，然后让他们做他们最能做好的事。"布鲁斯让人们知道应该去完成什么，然后信任他们，放手让他们去做。和当下我们中的许多人一样，繁忙的工作不允许布鲁斯保证跟进每个员工的工作。

当然，布鲁斯并不是一开始就能这样放手的。1998 年他被指定负责"千年虫"问题。他要保证所有 IBM 应用系统都为 2000 年做好准备。布鲁斯曾经带过团队，但这是第一次承担如此重要的职责——对于公司来说生死攸关，而且截止期限没有任何回旋余地。一开始布鲁斯非常担心，于是他对下属的工作进展控制得很紧。他希望不断地更新，不断地确认。这样持续了几个月的时间，实际上他认为自己工作得不错。他卖力地工作，出发点完全是基于他所处的职位。最终，一位曾经与他在其他项目上共过事的下属忍无可忍地向他反馈了他在管理方式上出现的一些问题。

这位在IBM工作了30年的老员工在工作上的表现一向受人尊敬。他与布鲁斯坐下来，让他意识到员工们的工作能力远超过执行这个任务的要求。他指出，布鲁斯正在变成过去他们两人都瞧不起的那种微观管理者。他的所作所为让他们觉得失去了自我价值，仿佛是凭他一个人就可以完成全部的工作。

对于布鲁斯来说这是一个转折点。他静下心来，仔细考量他的下属。他意识到对于当前这些工作而言，他们都是非常称职的。这种反思改变了他的观念，他开始改变，不再做微观管理者。他放手任下属自由工作，做他们最拿手的。在接下来的几个月里，团队的效率高涨，结果2000年的过渡非常顺利，没有任何差池。布鲁斯也因此晋升为总监。

这里还有另一种情况。那就是有些人总是不愿接受更多的自由和独立。他们或许感觉还没有做好准备去承担责任。当然，我们不应该也不能把独立性强加于人。如果人们还缺乏经验，则会导致他们或其他人受到伤害。但如果你不给他们成长和发展的机会，就不会知道他们能做什么。若想知道他们的能力，你就需要给他们提供做选择的机会。自由意味着拥有选择权。

给人们选择的自由

激励是由内而发的，即使不在监督下人们也能够做事。但如果他们缺乏内心的动力，没有热情和兴趣的话，工作就会在我们看不到的地方停止下来。要想保持绩效，唯一的途径就是打开人们的动力源泉，邀请他们加入事业的航程。

你知道吗，如果你和我们一起围坐在桌边玩扑克游戏，猜测从帽子中抽出一个数字的可能性。你是不是感觉自己亲手抽牌要比别人替你抽牌赢的机会更大？其实，胜率是一样的，当你亲手抽取的时候，你会感觉到更能控制这个结果。我们所有人都要明白这个道理。如果领导者替员工抽签，那么员工对结果的信心就会降低。如果是员工自己抽的签，他们会更有控制感。领导者要明白，你自己亲手抽，赢的机会不会比别人多。换句话说，自己做正确决策的可能性，与团队决策相比，不会更好，甚至会更糟。各位谨记，最近《财富》杂志检查了一些有案可查的领导们的工作败绩，发现错误并不在于领导者的愿景，而在于人们执行时缺乏承诺。

这都与决策和行动的责任感有关。我们的内心会这样说："有许多的可能，我不是被强迫的，我有选择权。我有一个客观实际的想法，一个选择优于另外一个，我选择了这一个。没有其他人可以责怪，没有人能比我更应该对这个决策的成功或失败负责。

所以我要根据要求开展工作，让这个选择得以完成。"

选择权可以将个人的意愿与行动紧紧联结在一起，激励人们承担责任。我们与数百位职场专业人士就他们成功的、失败的或不太成功的项目进行了讨论，来证明选择权是如何影响承诺的。我

> 选择权可以将个人的意愿与行动紧紧联结在一起，激励人们承担责任。

们一次又一次了解到，预言一个项目成功或失败，最好要看人们是自愿地参与到项目中还是被安排来参与该项目。在自愿的情况下，他们对完成工作信心十足。相信自己干得好的人比那些不期望干得好的人更易于成功。选择权释放了人们内心的动力和领导潜力，去做那些促进改变所必需的事情。

组织顾问尼尔·克莱坡（Neale Clapp）有一次告诉我们，他相信组织中员工基本的不安来自自由与约束之间的压力。我们什么时候授权，什么时候决策？什么时候反对权威，什么时候接受权威？什么时候授权于他人，什么时候使用职权？什么时候打破常规，什么时候设定限制？什么时候倾听，什么时候教导？什么时候让人们自主，什么时候要紧紧控制？这些都很难把握。

让领导者一味地放手，取消所有的约束是自欺欺人和不现实的。让下属始终逆来顺受，对现状听之任之也同样是不仁道的。我们可以凭借努力争取更多的自由，我们也可以依赖组织的力量来加强约束。领导者的一部分工作就是要带动大家消除徘徊在自由与约束之间的紧张情绪。

给予人们更多的自由正逐渐变成潮流，但期望组织取消所有的约束却是愚不可及和不负责任的。组织中肯定有约束，这毫无疑问，问题在于这些约束有多少、有多强，以及是什么类型的。

个人责任感

决定签约、离开或者反抗是与个人责任相关的问题。个人责任现在是个很时髦的词。管理专家、人力资源专员、政治家，以及自我管理大师们如菲尔博士（Dr Phil）总是谆谆教导我们说我们需要更多的个人责任。但"责任"一词的真正意义到底是什么呢？

我们从《伟大的思想：西方名著丛书》（*The Great Ideas: A Syntopicon of Great Books of the Western World*）中查寻责任这个词，索引都指向"惩罚、罪、意愿"。从埃斯克勒斯（Aeschylus）和索福克勒斯（Sophocles）到旧约、新约，再到黑格尔（Hegel）和坎特（Kant），个人责任讲的都是人们能否自由地选择他们的行为，还是按天命的规定做事。由此，"自由的意愿"，即自由地选择做事的权利是成功执行的必要条件。如果每个人都不相信自由选择会带来更多的负责行为的话，那么在所有的现代组织中，就肯定是让权力高高在上，而同时还要在每一个角落都安排个警察。

个人责任只有在人们拥有自由而且能够行使自由的时候才会存在。个人责任不能仅因为选择的独立性而存在。个人能够选择

> 个人责任只有在人们拥有自由而且能够行使自由的时候才会存在。

行为的时候，他们可能会或明确或含蓄地说："我会接受我行为的结果。"个人的可信度源于人们相信人类对于自己的行为是负责的。人们被认为可靠，是因为团队成员、组织成员、社会成员对共享价值和文化能够达成一致。如果忽视了这一点，就如同许多领导不接受他们自己行为造成的结果那样，会助长犬儒主义在全体成员中的盛行。

若要获得有价值的差异，我们每个人都应该做出自己有价值的选择。假如领导者窃取了别人这种做选择的权利，他们也就窃取了一些别人所创造的印记。打个比方，如果一个人的手总是被别人紧紧抓着，那他就不可能画出自己的线条。所以，在某些地方，你需要放开手，允许别人去书写他们自己的历史。

第 3 部分　渴望篇

Aspirations

人们会对事业而不是计划做出承诺。这些承诺是由我们内心所珍视的东西激发出来的。如果我们非常清楚地知道自己的价值观，就不会被突发的奇想或他人的意见所左右。持久的印记是建立在坚定的原则和目标基础之上的。

领导力的发展首先是自我的发展。想要成为领导首先要对自己内心进行一次探索，当我们去倾听自己的声音时，这种探索就开始了。领导者必须明确什么是生活中最重要的事情，这样才能过一种有意义的生活。

> 领导力的发展首先是自我的发展。

人们期望领导者能跨越时间的长河，能看到未来并与我们沟通他们所看到的情景。这并不是说领导者要先知先觉，而是要求他们要有洞察力，能注意到接下来将要发生什么。

然而大多数领导者却并不像我们期待的那样具有前瞻性。远见卓识可以使领导者不同于其他可信赖的人，但这一技能通常是领导者最缺乏的，我们总是被眼前的事物束缚着，忙得团团转。在这种情况下，如果我们还想留下一些有意义的东西的话，就必须先投入时间，创造出一些有价值的东西。

请牢记：未来并不仅仅属于领导者。领导者要实现的愿景也不仅仅是他自己的愿景。领导者不是要去推销自己的愿景，而是要去阐述大家的愿景。

> 领导者不是要去推销自己的愿景，而是要去阐述大家的愿景。

我们要为他人留下印记，这些人是我们的继承者。如果你想给他人留下一笔有意义的印记，那你一定要考虑他们想要什么，想取得什么。

领导力并不是组织高层中几个少数人的私有财产，它是每个人都能触及的领域。优秀的领导者可以把追随者变成领导者，因为他们深知实现梦想需要许多人的努力。优秀的领导者也能把自己变成追随者，因为他们相信其他人也渴望并有能力创造奇迹。

第11章　领导力源自内心

真正的领导力不是源自外部的各种因素，它源自人们的内心世界。这意味着你要成为你自己故事的作者，你自己历史的创造者。

所有重要的领导力都源自人们的内心世界，那是我们能满足下属渴望与期待的唯一途径。下属最希望得到的是什么呢？他们最希望我们真实地表现出我们自己。

想象一下这个情景：某人走进办公室，对你和你的同事说："嗨，我是你们的新领导。"就在那一瞬间，你脑海里立即浮现出的问题是什么？你想了解些什么呢？

就这个问题我们问过许多团队，回答几乎是一样的。人们说他们很想问那位新领导如下这些问题：

- 你是谁？

- 你支持什么，相信什么？

- 你想带领我们去哪儿？

- 为什么是你？

- 什么能证明你有能力胜任这一工作？

- 什么使你认为你能担当这一工作？

- 你真的了解你要进入的工作环境吗？

- 在你的计划当中，你准备改变些什么？

这些问题触及领导力的根本。那就是人们在决定追随我们之前，总想对我们再多了解一些。他们想知道面具后的你是什么样子，他们想知道什么使你确信他们能成功。无论你的抱负有多大、有多远，如果你想留下一笔持久的印记，如果你不想半途而废的话，你都必须先回答以上这些问题，这样才能使你的行动和生活更有意义。

对领导力的探索，就是对你自己是谁的内心探索。通过这个自省的过程来获得作为领导者所需要的清醒认识。自

> 对领导力的探索，就是对你自己是谁的内心探索。

信实际上是一种对你自身力量的意识和信任，只有当你努力鉴别并开发它的时候，这些力量才变得清晰和强大。掌握领导的艺术源于对自己的把握，因此发展领导力的过程也就是自我发展的过程。

领导始于信念

将自己培养成为领导者的历程始于对自己信念的了解，始于自己的价值体系。理清自己的价值和渴望很大程度上是个人的事情，没有人可以替你去完成。为了展示出和谐的领导力、言行一致的领导力，我们必须找到自己内心的声音。我们必须清楚自己是谁，什么是重要的，什么是不重要的。

当迈克·沙力文（Mike Sullivan）刚进入英特尔投资关系部工作的时候，他就意识到一定要找到"吸引他的东西"。他告诉我们他花了很长时间深入思考他的价值观，并与妻子和朋友们对其进行反复讨论。当然，这个反省的过程是艰难的，甚至有时是富有挑战性的，但是这个过程也是非常值得的。他意识到了他在工作中正面临的挑战，那就是"过去对领导力的见解是陈旧过时的，是完全错误的"。

通过对内心世界的思考，迈克弄清了困惑他多年的一些问题。他告诉我们："我意识到激情激励着我去领导，为了成为领导者，为了和下属产生一种共鸣，我需要弄明白工作中的我最热衷的那些事情到底是什么。"通过对什么是真正重要的事情进行思考和选择后，迈克理清了他的价值观。他感到更踏实，更自信了。他解释了这种深刻的认识是如何影响他的领导行为的。

我曾担任过一个新的职位，职责是处理公司与华尔街股票分析师的关系，这些分析师主要是就我们的股票发表看法和买卖建议。我们曾经收到华尔街这样一条消息，说是某个竞争对手得到的市场份额正越来越大。按照通常的做法，我可以等着老板（他原来负责这项工作）来想办法。然而现在我有信心去制定一个应对策略。于是我起草方案及文本，与分析师开会，组织高级经理们接受分析师的访谈，告诉他们我们准备如何去竞争并夺回失去的市场份额。通过明确自己的理念，找到自己的声音，我在工作的前几个星期就有了足够的信心并积极主动地展开工作。

领导力始于那些我们紧紧抓住不想放弃的东西。只有当我们甘愿去做一次心灵之旅的时候，我们才能找到那些我们不想放弃的"东西"。这样的旅行需要我们开启那些关闭的心灵之门，走过令人恐惧的黑暗，触摸灼人的烈焰。但是，它的终点是真理。

清晰的价值观可以建立坚实的支持基础

在我们的几项研究中，我们发现清晰的价值观可以建立坚实的支持基础。明确个人价值观非常重要，它可以成为我们工作的动力，激发我们的创造力，使我们努力地工作。当我们明确了个人价值观时，就会觉得自己被赋予了权力，随时准备好采取行动，成为领导者。

坦威尔·阿迈德（Tanveer Ahmad）是美国索尼公司的工程部经理，他在向我们讲述他的经历时，表达了同样的观点："要想给自己的领导历程打下一个坚实的基础，明确自己的价值观并清楚自信地表达出来，是领导者所要采取的第一步，这一步必不可少。在领导的历程中，既没有什么捷径可走，也不能迂回前进，更没有其他可能让你可以轻松地迈过这一步。"坦威尔继续解释说："明确你的价值观，并与人们分享这些价值观能收到立竿见影的效果，那就是感召那些心怀热望的下属们，为领导者建立一个重要的支持基础。"

我们都听说过这样一句话："领导者要维护他们的信仰。"坦威尔提醒我们，为了要建立一个能表明我们立场的平台，我们的信念必须要清晰，而且要明确地传达给其他人。当这些价值观与我们的行为完全一致时，我们就赢得了信誉。人们会把他们的信任赋予我们，知道我们会支持他们，从而心甘情愿地走上平台，加入到我们中来。

如果你不清楚你的个人价值，很难想象你如何去维护它。难道不是吗？如果你不知道什么对你来说是重要的，你又如何说出你的意见呢？如果你没有信念，你又如何有勇气去维护你的信念呢？不清楚自己信念的领导者，很可能会受各种潮流和公众意见的左右，从而改变自己的观点。而一个领导者如果没有自己的核心信念，随时改变想法，人们会认为他前后不一致，甚至会嘲笑他耍政治手腕。

我们都知道，当人们用自己的声音说话时，才可能表达出真实的想法。各种管理或领导力书籍中介绍的技巧和方法都不能替代我们自己的表达。事实上，如果你只是掌握了外在的形式，而没有表达出真正的自我，那么那些技巧和方法都将是无济于事的。

> 当人们用自己的声音说话时，才可能表达出真实的想法。

谁应该是你首先要领导的人？谁又是第一个愿意追随你的人？当然是你自己。只有当你对某事充满激情时，你才有可能说服其他人相信你。如果连你自己都不愿意追随自己，那别人为什么还要追随你呢？

发展领导能力并不是要收集大量的新信息或者尝试最新的技术手段，它是要探索那些业已存在于你心灵深处的东西，释放出你内心深处的领导潜能，给你以自由，它需要你用耳朵去倾听自己的心声。

对于我们每个人来说，理清价值观是至关重要的。如同我们辨别方向，知晓东南西北。价值观越明确就越容易沿着既定的道路前进。在探索我们的内心世界，寻找内心声音的过程中，我们确定了心灵的指南针，它指引着我们日常生活的方向，让我们在走向卓越的历程中迈出第一步。

现在，回过头来看看那位走进房间说"嗨，我是你们的新领导"的人。假如你是那位新领导，当人们问他们为什么要追随你时，你将如何回答？当他们问"你是谁？"时，你又将如何回答？

第12章　前瞻性是成为领导的先决条件

只有能想象出一个更美好的未来，你才能留下一笔永久的印记。对未来令人振奋的可能性的想象力决定着你是否有能力成为一个领导者。如今的领导者应该关注明天的世界，以及谁会继承这个世界。他们是未来的守望者，他们的责任就是要确保当他们离开组织时，组织的状况比他们接手时更好。

人们期望领导者具有什么样的品质？对此我们调查了数千人。结果是前瞻性仅次于真诚，这是人们最期望领导者具有的第二项品质。在调查者中有72%的人选择了这项品质。亚洲、欧洲和澳大利亚的被调查者对前瞻性的偏爱比美国的被调查者高出整整十个百分点。在企业的高层中，选择前瞻性这一品质的人几乎达到90%。这一结果不仅在我们的研究中得到证明，也与学者们的观点相吻合。他们都认为领导者要具备描绘美好愿景的能力，从而感召他人为共同的目标奋斗。

能够认识到前瞻能力的重要性是一个好消息。

但这里还有一个坏消息，尽管前瞻性是一项至关重要的领导能力，是每个领导者最起码要表现出来的能力。但如今的领导者却做得非常糟糕。还有更坏的消息，我们这些帮助领导者创造和沟通愿景的人也做得极差。

在我们刚开始进行领导行为测试的时候，就了解到人们最不理解、最不重视、最不能展现的领导能力就是前瞻性。领导者总是说他们不擅长或者不适合去展望未来、去感召他人为共同的目标而奋斗。从下属那里得到的反馈则更消极。有太多的领导者需要在前瞻性方面大幅度提升自己。

> 有太多的领导者需要在前瞻性方面大幅度提升自己。

现在问题来了。既然有可靠的证据，又有众人的一致认可，大家都知道对于领导者来讲阐述愿景并使他人对其感兴趣是如此重要，那为什么领导们还做得这么差呢？如果学者和执业者都认同前瞻性的价值，为什么在多年之后我们依然要艰难地开发领导者在这方面的能力呢？我们现在还能做些什么呢？

我们总是局限于现在

每当我们向客户或学员询问他们在前瞻性方面得分较低的原因时，最常见的解释是今天的个人和组织总是局限于眼前的状况。

他们说，我们的商业文化要求我们必须时时关注每季度的利润，这让领导者没有足够的时间思考三个月以后的事。在非营利机构和政府部门，人们耗费了大部分的时间去解决那些燃眉之急。

另外，还有一个原因阻碍人们去做长远打算，那就是当今社会变化的速度。事情变化得太快，以至于许多人认为不可能预测到一年后会发生什么，更不用说未来三年、五年甚至十年后的事情了。另外，现在的事情愈加错综复杂，一件事关联着另一件事，再加上当今世界还有许多令人不安的不确定因素。大背景处在不断变化之中，这会使你很难决定要向哪里走。大部分领导者总是感觉疲惫不堪，其实这也很正常。试想，当你累得连吃什么都不想考虑的时候，你怎么可能再挤出时间来考虑将来的事情呢？

所有这些解释都有一定的道理。人们的工作量不可能很快减少，华尔街用持续的压力来满足甚至超越投资者的期望，同时惩罚那些没有满足投资者期望的企业。城市居民希望能立即采取行动来解决影响他们生活的重大问题，消费者希望今天就能满足他们的需求。我们只需看看新闻标题，就知道事情的变化有多快，世界有多么的复杂和变化无常。没有人能预测到巴黎郊区的骚乱，也没有人能预料到从决堤的大坝上倾泻而下的洪水会摧毁新奥尔良这座历史名城，更没有人能预料到在非洲海岸海盗会抢劫一艘游艇。如果能预测到全球的禽流感疫情，我们会提前接种疫苗的。

在这些压力的影响下，我们怎么可能有前瞻性呢？

留心观察

我们很遗憾地说，那些束缚你的压力不会消失。通常情况下，投资者、居民、雇员或者是消费者会不停地要求领导者对现状保持警惕。技术的发展日新月异，国际纷争仍然威胁着我们的安全，自然灾害依然会给我们带来困苦和伤痛。世界将不断面临一些不可预见的挑战。这就是它本来的面目。即便如此，人们依然希望领导者能高瞻远瞩，而这一要求从来不会改变。

尽管每天的压力束缚着我们的思想，但是我们依然可以面向未来。与我们的直觉相反，对未来的展望源于对现在的细心观察。与其他因素相比，我们之所以缺乏前瞻性，更多的是由于我们对现状的忽视。我们操作着自动驾驶仪，没有真正注意到周围发生了什么。我们认为自己了解每一件事，用已有的观点观察世界，用单一的观点进行管理。许多领导者没能真正关注现在。他们虽然坐在办公室里，可是心已经飞走了。

要想提高能力，创造性地解决今天的问题，我们必须停下来，去观察，去倾听。我们每天都要停下来一会儿。我们要提醒自己大多数电子设备都有一个关机按钮。关上你的手机、呼机，停止收发短信、电子邮件，关闭掌上电脑、网页浏览器。你需要停下来，然后将注意力转移到你周围正在发生的事上。观察那些你必须在场、必须留心和好奇的事。

看看周围，你会发现大部分创新来源于我们对现在的观察，而不是靠眼睛盯着那个能预测未来的水晶球得来的。杰出的领导者永远是那些对人类的生存环境细心观察的人。他们比其他人更注意观察周围的一切。

用全新的方式来观察我们熟悉的事物，寻找不同和差异，寻找规律。从不同的角度去观察事情，寻找尚未被满足的需求。倾听弱者的声音，以及那些从来没有听到过的意见，了解你以前从未听说过的事情。当我们停下来，驻足观望的时候，我们总会惊诧于各种可能的存在。

> 杰出的领导者永远是那些对人类的生存环境细心观察的人。

探索未来的种种可能

我们需要停下来，去观察，去倾听我们周围的一切；我们也需要抬起头，凝视远方。有前瞻性不同于如期完成现在的项目。不管项目是在三个月、一年、五年还是十年后结束，作为领导者，你的职责是考虑项目结束之后的事。你要问，这个项目完成之后我们做什么？如果你不考虑你的长期项目完成之后要做什么，那么你就和其他人一样。换句话说，你是多余的。领导者的职责是考虑下一个项目、再下一个项目在哪里。

> 我们需要停下来，去观察，去倾听我们周围的一切；我们也需要抬起头，凝视远方。

请记住，你也可以借助别人去展望未来。虽然，下属们希望

87

你有前瞻性，但这并非意味着你不可以寻求帮助。我们的同事约耳·巴克（Joel Barker）是一位未来学者、作家、电影制作人。他用一个比喻说明领导者是怎样感召他人探索并发现未来的。"优秀的指挥官在指挥车队出发之前，会派侦察员侦察一下前面的地形，"约耳告诉我们，"侦察员提供的重要信息可以帮助指挥官更自信更快地做出决定，并以更快的速度前进……21世纪的领导也要有自己的侦察员，这些侦察员不是去侦察地形，而是去侦察时间。对你来说最重要的前沿阵地是未来的五年到十年。"

需要每个人都去思考的问题是：我们下一步要做什么？现在的任务会把我们带到什么地方？我们要高声地讨论你期望出现的事情会带来什么样的影响。约耳从工作中得到了一个很重要的启示："我发现，所有的变革带来的最重要的影响很少在一开始时就表现出来，它们通常会在启动后逐渐显露出来，无论是一个创新、一个新趋势，还是新产品投放或者一个战略目标。也就是说，最初事件所产生的连带影响，会向各个方向扩散，而这当中有可能隐藏着我们不愿看到的结果。"

另一个至关重要的问题是：什么是更好的？在可预见的将来，比你现在好的，甚至比你期望的还要好的是什么？我们访谈过的领导者认为，通过着眼于未来更好的生活，可以帮助人们从现状中找到生活的意义和目的，这是取得非凡成就的一个最重要的手段。

无论大事小事，我们首先应该在脑子里想一想。要从想象开始，从你的信念开始，虽然现在还只是一些想象，但你要坚信愿景终会变成现实。所以，为了满足下属的期望，我们要探索未来的道路。作为领导者，我们别无选择，必须在我们的脑海中进行一次想象之旅，到达我们从未去过的地方。

　　我们的当务之急是要减少对日常工作投入的时间，花更多的时间探索未来的各种可能。这是区分领导者和其他角色的仅有的几件事之一，把它作为我们工作的重点是至关重要的。同时，它

> 我们的当务之急是要减少对日常工作投入的时间，花更多的时间探索未来的各种可能。

也是产生印记的源泉，那些印记就产生在我们决定如何改造这个世界的过程中。

第13章　愿景不仅仅属于领导者

通过对领导者共启愿景的重要性的多年讨论，领导者从某种意义上说已经意识到他们应该是有远见卓识的人。在许多领导力开发者（当然也包括我们）的鼓励下，领导者逐渐产生了这样的认知：只要人们期望他们有前瞻性，他们就要独自一人走进荒无人烟的地方或者爬上某座高山的山顶，盘腿打坐等待神示，然后向世人宣布他们所感知的一切。领导者一直认为这样的愿景很重要，而且既然是属于他们的愿景，他们就必须去创造这个愿景。

如果这样想，那就大错特错啦！这可不是下属所期望的愿景！的确，人们期望领导者有前瞻性，但并不是要求他们具备先知先觉的本领。优秀的领导者不会高谈阔论那些来自灵感的启示，他们不是预言家。事实上，他们要做的比这简单得多。

人们真正想听到的不是领导者的愿景，而是他们自己的愿景。人们想知道如何实现他们的梦想和希望。他们想在领导者所描绘的未来的图画中看到自己的形象。最优秀的领导者懂得自己的主要任务是创造一个共同的愿景，而不是去推销自己对世界的稀奇古怪的看法。

你的下属可能不会这样直接告诉你这些，也许他们根本就不会告诉你。

> 人们真正想听到的不是领导者的愿景，而是他们自己的愿景。

但是我们可以肯定没有哪个成年人愿意听到这样的话："我们要到那里去，快走吧！"无论用多么华丽优美的语言来表达这样的意思，相信大部分人都不会喜欢被命令着去做事。他们很想参与到创造愿景的过程中。

巴迪·布兰顿（Buddy Blanton）是洛克威尔·克林斯展示系统公司（Rockwell Collins Display Systems）的一位高级经理，他从自己的亲身经历中体会到了这一点。一天早晨，他召集他的团队成员，想就他的领导行为向他们征询反馈意见。他特别想知道如何才能更有效地创造一个共同的愿景。大家给他的反馈使他明白了一个道理，在感召人们为了共同目标而奋斗时，重要的不仅仅是愿景，制定愿景的过程也非常重要。

团队中我最尊敬的一名成员首先发言，她喜欢实话实说。她提供了如下的反馈意见："你具备所有优秀的品质，你有一种全球的眼光和认识。你是一个优秀的、真诚的倾听者。你视野开阔，受到团队和同事的尊重和信任。你率直而真诚，对团队成员总是直言不讳。"然后她给我这样一条忠告："作为一个团队，如果你能让我们了解你是如何得到你的愿景的，那肯定会对你有所帮助。我们希望与你一起设计目标和愿景，进而一起实现这个愿景。"

另一名成员说，共同制定愿景的过程能使他更加积极主动地独立解决问题。还有几名成员说这种沟通能帮助他们理解目标的现实意义。也有人说，他们想成为创建愿景过程中的一部分，这样他们能明白如何更好地创建他们自己团队的愿景。

我注视着我们的队员，很明显他们都想参与到创造愿景和发展愿景的过程中来。于是，针对我们的项目，我们进行了一个关于愿景的讨论，每位成员都对这个讨论提出了有益的见解。

以前我认为，团队会从我设计的路线和愿景中受益更多，如果他们认为哪里有问题，他们可以给我一些反馈意见，他们过去经常这么做。但从我们的讨论中可以看出，所有的成员都想参与到创造愿景的过程中来。我问他们是否愿意每两周开一次类似这样的会来讨论我们的愿景时，他们非常响亮地回答"是"。

绝大多数人都像巴迪的团队成员一样，希望跟着领导一起前进，一起梦想未来，一起发明创造，一起参与到创造未来的过程中。这并不是要你完全效仿巴迪，而是要你去改变那种愿景是来自领导者的想法。你不要把愿景看做是你一个人的独白，而应该感召他人与你共话未来。

你应该能够看到别人所看到的

研究一下数据，看看说明了什么。在《领越™ LPI 自我评测》的 30 个选项当中，有六个测试是与愿景相关的。这其中有三项位列整体得分最低的四个问题之中，这表明共启愿景是普遍表现最差的领导行为。（在领导力评测中得分最低的是征询反馈，这我们已在本书的第 3 章讨论过了。）下面是相关的三个选项：

- 我能描绘出令人信服的我们的未来愿景。

- 我呼吁他人与我一起分享对美好未来的憧憬。

- 我向大家展示他们的长期利益是可以在共同的目标和愿景下实现的。

仔细阅读这三个问题之后，你发现了什么？你是否注意到每一个问题都是在谈论领导者如何使他人参与到愿景中来？是否注意到这里的关键词都是"我们"，而不是"我"？这些选项得分低的内在原因不是领导者不谈论未来或没有对未来的信念，而是领导者不能真正向人们展示一幅诱人的未来图画，一幅让人们能够看得见、感受得到的图画。

> 你一定要了解你的下属，要用富于感染力的语言和他们谈话。

要描绘一幅令人深信不疑的未来的图画，你一定要抓住他人想要的、所需的是什么。为了感召他人，并向他们展示如何满足他们的利益，你一定要知道他们的希望、梦想、动机和兴趣。

这意味着你一定要了解你的下属，要用富于感染力的语言和他们谈话。如果你准备动员大家向一个特别的方向前进，你就要选择他们感兴趣的方式跟他们谈论那个目的地。要让他们像你一样关心某事，甚至关心的程度超过你。

让他人对未来充满激情，不能仅仅靠制作精美的 PPT 演示文件，也不能依靠可能对你会有帮助的那些演讲技巧，更不能依靠提高个人魅力或是增加个人崇拜。

让他人对未来充满激情需要依靠亲密的关系，依靠相互熟悉，依靠同情心。在号召大家为共同的愿景奋斗的沟通中，要求你比通常情况下更加深入地了解你的下属，要求你深刻理解他人内心最强烈的渴望和最大的忧虑，要求你深入了解他们的喜怒哀乐，要求你体会他们的生活经历。

做到这一点并不需要什么魔法，也不需要有如同制造火箭那般的科学知识。它只是要求你仔仔细细地去倾听别人想要什么。

现在，你可能对自己说："好倒是好，但突破创新怎么办呢？没有人告诉我他想要一架飞机、一部电话或者是一台电脑。难道领导者不应该关注新事物吗？"说得没错，人们是没有直接说出他们想要什么，但人们说过他们想要更快地到达更遥远的地方，想要更容易地与朋友和家人联系，想要更有效地工作。

我们认为，创新不是由那些与世隔绝的隐士们提出的，过去不是，现在也不是。事实上，所有的创新都来自认真地倾听，它们是对环境适应的结果，也是领导者高度重视人们愿望的结果。

　　如果人们不清楚他们想要什么，这该怎么办呢？这时你更应该做一个出色的倾听者，聚精会神地听。你要倾听的不仅是人们说出来的话，还包括没说出的、隐藏在心里的话。

　　那些能够不断突破、不断创新的人和优秀的领导者都知道，每个人都希望拥有一个更美好的明天。也许人们想要拥有的可能不一样，甚至千差万别。但无论什么，人们都希望它比以前好。所以，对于一个领导者而言，关键的技能是：准确发现"更新的、更好的"对他人来讲意味着什么。

> 你要倾听的不仅是人们说出来的话，还包括没说出的、隐藏在心里的话。

　　如果你想激发下属灵魂深处的能量，如果你想让他们提升到一个更高的水平，那么你需要记住：最重要的不是领导者的愿景，而是大家的愿景。

第14章 释放每个人的领导潜能

有时，领导事务会不期而至，就像几年前玛丽·贝斯·菲力普斯（Mary Beth Phillips）的经历一样。那天同往常一样，玛丽早晨急匆匆地起床、洗衣服、推孩子散步。在下午上课前复习完功课，她把六个月大的女儿伊丽莎白留在邻居的朋友家里，让那家的保姆帮忙看管她的孩子（玛丽家的保姆刚刚辞职）。然后玛丽去上研究生课。两小时后，保姆给她正在上班的丈夫鲍勃打电话，问他们的孩子睡着后是不是很难叫醒。凭直觉，鲍勃感觉事情不对，于是他立即开车回家，发现伊丽莎白已处于昏迷之中。鲍勃立刻把女儿送到当地医院的急诊室，然后孩子又被迅速地转到儿童医院……

此后的几天、几周乃至几年的时间里，他们一直在查找原因。终于，他们知道了事情的真相。那天下午，由于保姆剧烈地摇晃孩子，伊丽莎白的大脑受到损伤并造成永久性失明。随后对这位保姆的社会背景的调查逐渐暴露出她根本不适合做儿童看护员的工作。"如果事先知道，谁会把自己深爱的孩子交到一个病人的手里？！"玛丽说。

这一切是如何发生的？怎样才能防止和避免类似的悲剧？需要采取什么措施才能防止其他父母和孩子们再经受这种噩梦？玛丽·贝斯决定不能善罢甘休，她质问加州政府并与之抗争，目的是让州政府对儿童看管员进行调查，看看他们是否有犯罪记录，是否有儿童侵犯记录。而父母们可以根据这项记录决定是否把自己的宝贝交给他们看护。玛丽·贝斯意识到了这件事的必要性，她最终促使加利福尼亚州政府建立了儿童托管热线。

玛丽·贝斯走过的路程艰辛而又漫长。从伊丽莎白的悲剧发生到获得州长的签字，再到筹集资金，最后取得司法和社会服务部门的审核批准，整个过程耗时超过十年。玛丽·贝斯是在没有任何组织提供资助，也没有任何正式的职位和权威，甚至缺乏儿童健康福利专业知识的情况下做到了这一切。玛丽·贝斯锲而不舍，她感动了很多人，他们参与了进来。玛丽·贝斯发现，是她内在的领导潜质让她确信，绝不能让她的悲剧在其他家庭重演。

就在玛丽·贝斯投身于儿童托管热线的同时，她也在思考为了应对家庭悲剧而应该采取哪些行动，与其他遭受类似情况的父母相比，大家所采取的行动究竟有多少相似之处。她甚至认为那是残酷的命运在捉弄人生。在她的博士论文中（我们负责辅导的），玛丽集中研究了与她有类似经历的妇女。她们都是曾经遭受过子女意外死亡或严重伤害的母亲。

玛丽发现，这些妇女都成了领导者，她们激发了人们的热情，创建出各种组织（例如，圣迭戈儿童医院的儿童救护联盟和头部创伤外科门诊）。她们的努力促使全美消费者产品安全委员会颁布了新产品生产标准和缺陷产品召回制度，她们还成立了社会活动组织（反对酒后驾车母亲协会），敦促政府部门立法（如对加州儿童托管组织和与戴头盔驾驶摩托车有关的立法）。

在那些悲剧发生前，这些妇女们没有哪一个表现出她具有出众的领导潜质。她们大多是中青年妇女，其中有些还是单身妈妈。很多人在家中操持家务，拥有大学学历的不到一半，他们几乎没有什么特殊的职业技能，同时她们也没有什么显赫的身份可以帮助她们启动自己的方案。她们几乎都没有接受过什么正式的（甚至是非正式的）领导力方面的培训，事先也没做什么特殊的准备，但她们每个人都下决心不让她们所经历的悲剧再在其他人身上重演。这些人都取得了非凡的成就，谁也无法否认她们具有内在的领导潜质。事实上，领导潜质存在于我们每个人的内心。

我们研究的大多数领导者的经历与这些妇女的经历相类似，这些领导者并非都像他们所写所说的那样从一开始就一帆风顺，他们也曾遭遇过面红耳赤的窘境。有的人因发泄愤怒而惨遭解雇；有的人发现了别人没有发现的机会；有的人接手了那些陷入僵局，甚至越变越糟的问题；而有的人则在接受新任务前根本不知道情

况有多可怕。在面对挑战之前，谁也不知道我们应付挑战的真正
力量究竟有多大。正如社会活动家、作家丽塔·梅·布朗（Rita Mae
Brown）说的那样："人就像袋装茶，在你把它放到热水里之前，
你不清楚他们究竟有多强大。"

领导力是可以学会的

每当我们发表演讲或授课时，总有人问这样的问题："领导力
是与生俱来的还是后天培养的？"对此，我们总是面带笑容地这
样回答："所有的领导者当然都是父母生养的。至今我们还没见过
哪位领导者不是父母所生的。不仅如此，就连那些会计师、艺术
家、运动员、父母、动物学家等，凡是你叫得出名堂的皆是如此。"
我们都为父母所生所养，这不重要。重要的是你这辈子用你所拥
有的一切去做了什么，又留下些什么，什么是你的印记。

那些只有少数侥幸的人才能理解
领导力奥秘的想法纯属无稽之谈。领导
力不是一个身份，也不是一组不能为常

> 领导力是一套可以观察到
> 的技巧和能力。

人所破译的密码。事实上，领导力是一套可以观察到的技巧和能
力。不管你是坐在总裁办公室里还是奋斗在生产第一线，是身处
华尔街还是小城镇的大街上，对于所有人来说，它都是一项有用
的技能。只要你有提高自身技能的动机、渴望和实践的机会，能
得到指导和反馈，任何技巧都可以得到强化、磨炼和提高。

当然，我们承认，在领导能力方面，一些人确实要比另一些人做得更好一些，但我们不能因此就把领导力看成是与生俱来的特性。你越是把领导力看成是天生的就越可能阻碍你成就最好的自己。等待遗传学家帮助我们挑选最好的、最聪明的领导者，无异于是在回避那些应该由自己承担的责任。

伊丹（Idan Bar-Sada）是桥波通讯公司的一位工程副总裁，他告诉我们他曾一直认为领导能力是不可能学会的。他说："我对领导力有些错误的认识，其中一个主要的错误是对领导技能的理解。我想，领导技能与管理技能不同，它不能被传授或被提高。"后来伊丹决定就他的领导行为征询一些反馈意见。他从中得到的体会对我们所有的人都有启发。"我错了，"他坦白地说，"只要得到适当的理论知识，再加上自身的努力，领导技能可以被显著地提高……我的个人经历就说明了这一点！"

有个现象非常奇怪，但能够给人以启示。没有人问过我们："管理技能是可以学会的吗？管理者是天生的还是后天培养的？"为什么管理技能被看做是一系列技巧和能力，而领导才能被单独地看成是固有的性格特质？这其中的道理很简单。人们的推断是，管理技能是可以被传授的，因为他们看到世界上有数以百计的商学院，每年都讲授几千次的管理课程。假定人们能够领悟与良好的管理实践相结合的管理态度、技巧和管理知识，那么商学院和公司就能够提高管理者的才干。同时，他们也对优良的管理技术具有可获得性的思想做了印证。

如同忘掉那些只有天赋异秉的少数人才有领导力的神话一样，你还要摒弃领导力需要特定的性格类型的说法。

玛尔娅姆（Maryam Mortezazadeh）是 KLA-Tencor 公司的一位生产设计工程师，她刚刚经历了这样的思想转变。玛尔娅姆告诉我们，她过去曾经认为领导者是"那些有号召力并具有超凡能力的人，他们喜欢成为观众注意的中心，能吸引许多的追随者。而这些都与我的性格相反"。因此，玛尔娅姆认为自己不可能成为一个领导者。在实际工作中，当她对一个项目的管理角色表现出某些兴趣的时候，她的一位前任经理对她说，她不具备"领导的天赋，因为毕竟领导者是天生的，不是后天形成的"。

多年来，玛尔娅姆管理过许多不同难度的项目，她回忆说："我从来没把自己当成一位领导者，我只把自己当成是一名经理。"经过接受一些辅导，她开始认识到："领导要能够做到卓尔不群。"意识到这一点之后，她开始审视自己的领导潜质。"我也能成为一名领导者，可能不是一位有号召力的领导者，但却是一位可以领导人们取得出色成就的领导者。这种认识对我来说是一个重大的突破。"基于这种新的认识和自信，玛尔娅姆又领导了几项高难度的项目，并取得了极大的成功。

在二十多年的研究中，我们有幸听到和读到了数以千计的普通人的故事，这些普普通通的人却领导他人取得非凡的成就。像玛丽·贝斯·菲力普斯、伊丹和玛丽安一样，他们的名字和事迹并没有在生活中广为流传，但却在他们平凡的生活中取得了巨大的成功。这样的人还有成百上千万。限制人们成为领导者的原因并不是人们缺乏领导者的潜质，而是领导力是"不可学得"的这个害人不浅的谬论。这一错误观点时刻萦绕于人们心头，它对领导力的提高所造成的危害，比特质秉性或者领导原则的束缚所造成的危害大得多。

把芸芸众生心中的领导潜能解放出来是我们共同的任务。不要相信领导能力是天生的品质特性，不要相信世上优秀的领导者寡闻鲜见，要相信人人都可以通过学习而成为领导者的观点，这对人们来说会更积极、更有益。如果认定领导力

> 要相信人人都可以通过学习而成为领导者。

可以通过学习而获得，我们就会发现在生活中有数不胜数的优秀领导者。在某种场合，某个时间，潜伏在我们每个人内心中的领导者就会受到召唤，脱颖而出。相信你自己，发展自己的领导才能，你就能随时为即将来临的召唤做好准备。每一次接受召唤，都会让我们有了更多的一次机会留下持久的印记。

第15章 领导者也是追随者

人们总是关注领导者的领导行为，而很少关注他们作为追随者的一面。

"优秀的领导者也是优秀的追随者。"苏珊·王是舍伍德合伙人公司（Sherwood Partners LLC）的副总裁，该公司是一家商业咨询公司，位于帕洛阿尔托（Palo Alto）。苏姗这样告诉我们，"这听起来有点儿自相矛盾，"她继续说，"基于我的经验，我注意到优秀的领导者清楚自己的能力，愿意接受追随者的忠告。"太多的领导者认为他们应该无所不知无所不能，并要对所有的事情负责。苏姗告诉我们最优秀的领导者是能意识到个人能力有限，能主动放权让他人负起责任的人。

有些自相矛盾的是，你越是表明愿意追随他人，你越能赢得他人的尊重。"在我的经历中，"苏珊解释说，"没有任何人能总是占据着领导这个角色，这与位置无关。因为我们每个人都会在不同的时间扮演领导者或追随者，这是我们自我能力认知的直接结果。"苏珊提醒我们，领导力是一种领导者与追随者之间的互动关系，在这种关系中领导者的角色和追随者的角色经常转换。也是在这种关系中，领导者把追随者改变成领导者。

> 领导力是一种领导者与追随者之间的互动关系，在这种关系中领导者的角色和追随者的角色经常转换。

但是如果领导者成了追随者，他们又该追随谁或追随什么呢？他们是通过偶尔放弃权力或放下架子来追随其下属吗？他们是在追随吸引人的目标吗？还是在追随一系列原则？或者追随以上所有的想法？那要成为追随者又真正意味着什么呢？

我们追随理念，而不是某个人

很少有人讨论成为追随者意味着什么，特别是在高效的组织中，"追随者"这个词被用做贬义词，暗含着缺乏主动性、没有魄力或能力欠缺的意思。还隐含着做事没有主见的味道。我们在写文章时也常常感到矛盾，总在考虑是用"follower"（追随者）一词，还是"constituent"（员工）一词，因为至少"constituent"（员工）一词含有某人在某些事情上不可或缺的意思。好了，如果我们抛弃那些成见，不再鄙视追随行为，不再极力追捧领导行为，又会如何呢？毕竟，我们都知道在高效团队里人们不需要吩咐就知道怎么去做事。人人都清楚团队的愿景、理念和期望，并知道怎样为取得成功做贡献；人人欣欣鼓舞地去做事；人人都觉得自己是团队的一部分；人人都觉得有权利和能力来进行领导。

高效的关键不只是要有一些好的领导者，还要具备好的领导行为。我们应该关注的不是人本身，而应该是流程。对于高效团队来说，在所有的技能中，重要的不是哪个人，而是要追随某个流程。如果我们从这一角度来考虑领导行为和追随行为，我们希望人们去追随：

- 与自己相一致的清晰的价值观和信念。
- 一个共享的愿景。
- 能使组织有所改变，从而使价值观和愿景得以实现的富有创造力的想法。
- 有助于实现团队价值观和愿景的人和团队成员。
- 关注和关心那些让成功成为可能的人。

从这一点上讲，我们都是某种理念的追随者，不管我们在现实生活中扮演什么角色，当我们关注领导原则和领导行为的时候，我们都能自然而然地发挥出我们的领导才能。

领导者要去追随

领导者不应该放弃责任，他们应该集中精力关注目标。他们要问自己，我们要去哪儿，我们打算怎样到达那里？现在谁是带领我们到达目的地的最佳人选？是我还是团队中的某个人？专家在哪儿？谁能最快地获得信息？谁能想出最有创意的想法帮助我们成功？

艾伦·达道（Alan Daddow）是 Elders Pastoral 在西澳大利亚的负责人，他告诉我们说："我的职责就是尽最大的努力充分挖掘团队的潜力。"艾伦认识到如果他能尽力帮助团队成员成功地完成他们的工作，他就能取得团队的成功。而不是团队成员如何做能够让他感觉不错。

如果领导者能够牢记这一点，就能发挥其领导才能。领导者要考虑最有利于完成这项任务的一切，而不是考虑最有利于他们自身的一切。他们要使人和任务达到最佳匹配。他们要培养人才，并让他们积极主动地工作。

> 领导者要考虑最有利于完成这项任务的一切，而不是考虑最有利于他们自身的一切。

要让领导者成为追随者的另一个重要原因是：单独一个人不能取得成功。传统的领导观念是，领导者应该知道所有的事，能做所有的事，他比其他人优秀，他具有独特的魅力，他能单枪匹马拯救天下。现在这一观念正在动摇。我们认识到，领导者不是独立于他人而存在的，更确切地说，他们是依靠别人的帮助和努力才取得成就的。当我们不再相信那些英雄故事时，会怎样呢？艾伦当然认识到了这一点："是他人帮助我成功的。单靠我自己根本无法取得任何成绩。"

并非只有领导者才能去领导

Trimble Navigation 公司投资人关系总监威拉·麦克曼蒙（Willa McManmon），在她职业生涯的早期，对"领导者"这一概念存在许多疑问。一方面，她认为自己不具备成为领导者的能力。她认为领导者应该是完美无缺的，行事总是正确，总是知道做什么，总能回答每个人的问题，总能预见未来。另一方面，她认为成为追随者就意味着她成了"领导者的仆人"，这也不太好。后来，随着阅历的不断丰富，她认识到领导者和追随者不是两者必选其一的关系，他们是相互关联的。威拉告诉我们："我逐渐明白当我得到'领导们'的支持和帮助时，我也可以称为一名出色的'仆人'。我知道我可以在同一时间，既做追随者又做领导者。当我有了自己的信念，被人信任的时候，我比任何人都更热情、更兴奋和更有奉献精神。这使我成为一名出色的领导。"

对于威拉和其他领导者来说，能意识到我们每个人都是追随者同时也是领导者是非常有意义的。"我相信我的长处就在于善于自我认知，"她说，"在于乐于成为一名好的领导者，同时又是一位好的追随者。在于天生的果断、有决心和无所畏惧。对我而言，我的最大收获就是：我不一定要做到十全十美才能取得成功，我可以依靠他人的帮助，就像他人需要我的帮助一样。这是一个全新的领导理念。"

> 我们不一定要做到十全十美才能取得成功，我们可以依靠他人的帮助，就像他人需要我们的帮助一样。

认识到领导者也是追随者意味着我们不必自己想出所有的办法。每当我们问那些大大小小的团队"新主意从哪里来？"时，周围会有片刻异常的寂静，人们似乎是在等着我们向他们透露些什么。然后终于有人喊到："从我们当中来！"其他人插言到："从同事中来。""从客户中来。""从我们的供应商中来。""从我们的竞争对手中来。"最后的答案就是："从我们周围所有的人们中来。"关于流程的好主意主要都来自从事那些工作的人们，关于产品和服务的好主意则来自使用这些产品和接受这些服务的人们。我们并不缺乏想法，作为领导者，我们的任务不是要求自己成为天才，而是要求我们去倾听并追随天才们的想法。

对领导者是追随者这一观点最后一个值得肯定之处是：这一观点有益于人们谦逊品质的形成。如果我们不能真正理解领导者与追随者之间的相互依存关系，那么在试图留下印记的时候，我们就容易变得骄傲自大。如果我们把自己当成是绝对的"领导者"，我们很可能会对其他人的贡献视而不见，对周围的呼声充耳不闻。如果我们认为自己比周围那些所谓的"小人物"优秀，那么很可能我们会与那些好想法、好主意失之交臂。

　　成为追随者有益于个人道德品质的发展。它提醒着我们，我们不是孤立的，我们取得的任何成功都有赖于他人的成功，我们要始终保持学习的态度。只有理解了以上这些基本的理念，并且意识到我们的印记建立在前人的基础上，建立在与我们并肩工作的人的基础上，我们才能形成谦逊的品质。

第4部分　勇气篇

Courage

留下一笔印记就意味着要带来改变。只有当我们采取行动时才能带来改变。我们每个人都能在一些重要的事情上采取行动。这就是勇敢生活的真正含义。

实现梦想和理念需要勇气。只有勇敢地行动起来，才能留下有价值的印记。你不能只是梦想着要勇敢，而是要真正勇敢地行动起来。勇气就是一种使所有其他的美德成为可能的品质。

> 只有勇敢地行动起来，才能留下有价值的印记。

对我们大多数人来说，勇气不是什么了不起的英雄行为。个人勇气通常意味着在重要时刻——我们的核心理念受到挑战的关头——主动行动起来。它也可以从小事做起，而这些小事可以创造奇迹。勇气把创造生活和谋生区别开来。

"勇敢时刻"是个转折点，为了从生活中得到回报，我们愿意付出代价。当我们想要改变事物的本来面目时，失败可能会发生。事实上，没有失败就不能取得成功，也就是我们常说的"吃一堑，长一智"。

最后，我们必须清醒地认识到领导者从未得到过什么保证。你虽然用尽全力，但或许还远远不够，因为有些力量总在你的控制之外。还有一个事实，那就是物极必反。每种用到极至的领导美德都可能变成缺点，长处也可能变成弱点。所以，我们要警惕妄自尊大的行为，虚心承认我们也会像他人依靠我们一样依靠他人。每天都为改变别人的生活创造新的机会，如果我们能把握好这些机会，我们的印记自然就会传承下去。

第 16 章　人人都有勇气

勇气是属于那种不同寻常的词汇,给人一种超凡脱俗的印象。通常,人们会把它与超人的本领、生死的挣扎和克服艰险的事联系在一起。令人颇感神奇的是,许多人都会认为这个词不适用于他们。然而,当你仔细思考之后,就会发现对勇气的这一认识是不正确的,这一认识把勇气神化了。

事实上,勇气通常比想象中的更常见,它是人人都拥有的东西,天天都出现。它可能很宝贵,但并不罕见。勇气存在于我们每个人的心中。你可能不是每天都需要它,但是当你一旦需要它的时候,它立刻就会出现。

勇气是一种心态

在深入研究勇气时，我们发现领导力方面的资料中都忽视了勇气这一点。尽管有的资料对领导者为何需要勇气进行了讨论，但是对于领导者来说勇气真正意味着什么却没有记录。

这并不是说从未有人对勇气进行过论述或讨论。事实上关于它的讨论可以追溯到很久以前，那时对勇气的大部分讨论是在哲学家和历史学家间进行的，而大部分的现代领导者只在学校里的必修课上才会去读这些哲学和历史。在当下这个急功近利的时代，如果信息没有被归纳为一套公式，那么就没有人会去读这本书或去听这门课。

我们还发现，人们曲解了勇气的含义。勇气并不像人们通常所理解的那样，总代表着这样的形象：勇敢无畏、钢铁般的意志等。其实，这并不是我们在研究中或从哲学家的书中得到的关于勇气的全部含义。古希腊人对勇气有许多论述，如苏格拉底和亚里士多德，他们认为勇气是维持幸福生活和社会文明必不可少的四大基本道德之一。（其他三个分别是审慎、克己和公正。）而勇气位于这四德之首。它被看成是使其他三个美德成为可能的最重要的因素。

他们把勇气看做是一种性格倾向，它给人一种面临危险不被恐惧所击倒的能力，它还是一种在极度逆境中坚持不懈的能力。

它并非是不感到害怕而是有控制恐惧的能力。

过去，人们把勇气看做是介于鲁莽和懦弱中间的一种行为。根据希腊人的观点（我们中的大部分人也会认同），鲁莽是一种过度的无畏。一个人太过自信会被认为是轻率的。这些人是我们中的疯狂者，他们可能很危险。相反，在巨大的危险面前往往会选择逃避的人，人们认为他是懦夫。

希腊人认为，人与人之间是不同的。我们不会都对同一事件产生畏惧。因此，勇气也不是绝对的。对某人来讲需要勇气的事情对于另一个人来说可能很容易。它与人所处的环境以及人本身有关。勇气以不同的形式出现。对于希腊人来说，勇气并不仅指战场上勇士的英勇行为，它也指普通人在追求美好生活的过程中所采取的果断行为。

希腊人也认为，勇气不是一种纯粹的冲动行为——许多人也把它叫做胆量。他们说，在勇气中也有理性的成分，它不是不假思索地去做事。勇气要求我们在困境面前做出选择。

> 勇气是一种心态。它要求我们去经历某种处境，去解决自身的恐惧。

我们从哲学读物中得到的主要收获是，勇气是一种心态。它要求我们去经历某种处境，去解决自身的恐惧。当遇到困难的时候，我们当然会有一种生理反应，然后我们要选择如何去解决它。如果我们被害怕吓倒，那我们别无选择只有逃避了。如果我们太过自信，认为我们能解决任何问题，那也许会导致轻率和鲁莽。但是，承认我们自己也害怕，适度地相信自己能够处理那种情况，尽管害怕也要积极主动地行动，才是一种勇敢的行为。

人人都有"勇敢时刻"

尽管阅读那些哲学文献使我们对勇气的历史意义有了更深的了解，但并没有唤回我们的勇气。因此，我们决定通过采访生活中的真人真事来探究勇气的含义。我们让人们回想他们的"勇敢时刻"——不管他们是如何理解勇气这一词的含义的，只要他们认为他们在某些瞬间表现出了勇气。那些"勇敢时刻"可以是发生在最近的事，也可以是发生在过去的事；可以是发生在工作中、学习中、家庭中或任何背景下的事。通过这些访谈，我们对勇气的定义和原则渐渐清晰起来。

许多人很容易就想起他们表现出勇气的事情，而有些人却想不起来。为了帮助这些人想起他们那些勇敢的行为，我们先让他们完成下面这句话："对我来说，做……需要勇气。"几次重复之后，他们开始讲述他们的经历。我们还提示他们故事的内容不一定是什么众人皆知的英雄，我们更想听到的是在平常普通的小事中表现出的勇气。这些人的亲身经历是我们深入了解勇气本质的切入点。

那么我们发现了什么呢？最重要而且最鲜明的一点是：我们

访问的每一个人都有故事可讲。每个人都能回忆起他们需要鼓起勇气的一次经历；每个人至少能回忆起自己人生中一次这样的时刻，在面临挑战的情况下，他们用精神和道德的力量来把握积极主动的时刻。所以，勇气无论如何也不只属于那些英雄们。

我们从这些谈话中得到的第二个启示是：大部分故事讲述的都是日常生活中的遭遇，而不是那些老套的英雄故事，也不是那些意义非凡、事关生死的斗争。我们访问过的那些军人没有向我们讲述他们在战火下作战的经历，那些商人也没有谈论他们企业的那些冒险活动。他们讲述的这些故事很普通、很具体。有些是关于在重大问题上表明立场的经历。另外，不止一个人讲到哆哆嗦嗦地在公众面前演讲的经历。有些人告诉我们，他们是如何突破以前的行为方式，积极主动地行动的；还有一些人告诉我们，他们是如何迷路后，依靠体力和精神的支持找到出路的；也有关于一位在一家保守的金融机构工作的女士公开她的同性恋身份的故事；另外还有一些故事讲述了有些人辞去工作回到学校继续学习或者是重新选择职业时做的 180 度的转变。起初，这些被访者也在怀疑他们讲述的事情是否是有勇气的行为。但是最后，他们发现除了用"冒险"这个词之外，找不到其他哪个词能形容他们的经历。

> 勇气就意味着要做出艰难的选择，尤其是在生活的小事中做出选择。

勇气就意味着要做出艰难的选择，尤其是在生活的小事中做出选择。我是做出肯定的回答还是否定的回答？我是留下来还是离开？我是发言呢，还是保持沉默？表面上看来，这些问题没有哪个让人觉得特别难回答，但在某种特定的情况下，这些问题会令人难以启齿。没有哪个人可以断定他人的行为是勇敢还是不勇敢，最终什么时候需要勇气，什么时候不需要勇气完全是个人的决定。

我们可以做出一些推断：勇气的真谛就蕴藏在日常的琐事之中。下面是我们通过观察得到的一些规律，虽然不完整，但还是概括了大部分的内容。我们发现，在遇到下面这些情况时，人们能表现出勇气：

- 当生活面临重大挑战时。
- 当逆境让人感到恐惧时。
- 当需要积极行动来克服恐惧和挑战时。
- 当你最看重的事处于危急关头时。
- 当我们可能遭受损失时。
- 当我们心中充满希望时。
- 当生活发生变化时。

在给我们讲完他们的故事后，人们总会提及当他们采取了勇敢的行动后，生活从此发生了怎样的变化。"勇敢时刻"能够解放思想，带来巨变。勇气就是方程式中的 X 值。

当你真的想要改变你的生活时，你需要勇气；当你需要去完成某些使命时，你需要勇气；当你需要改变现状时，你还是需要勇气。

领导者就是要带领人们到从未去过的地方，没有勇气我们根本无法到达。领导者将勇气付诸行动，勇气给我们前进的动力，给我们相信自己能成功的信念，给我们在黑暗中坚持不懈的力量。勇气能让我们留下的印记向世人昭示："我曾经来过这里，我曾经带来改变。"

> 领导者就是要带领人们到从未去过的地方，没有勇气我们根本无法到达。

第17章　勇气，你不能计划它，但可以选择它

与我们交谈过或与我们有书信往来的人总想得到一些秘方。他们想知道怎样才能把好的想法应用到日常的工作当中。我们在研究领导行为时，也总想给人们提供一些实用的建议。可是当我们想要告诉人们如何变得更勇敢时，又总是犹豫不决。

彼得·布鲁克（Peter Block）是一名作家、顾问，以智慧、幽默和别出心裁的观点著称。在与他的一次对话中，我们曾问他如何理解勇气，如何让勇气在组织和组织的领导者那里变得更实用。彼得给了我们这样的回答：“勇气不是为了实用而存在，它是因为本身的意义而存在。一旦它变得实用了，也就失去了它的价值。”

彼得的话让我们茅塞顿开。在对勇气的整个研究过程中，一直困扰我们的是无法把勇气编成类似管理类的书籍，无法提供一

系列的技能或者对症下药的处方，也没有一条条如何去做的建议。无论怎样，只要我们以某种方式回答了勇气的实用性问题，我们就等于贬低了勇气的价值。

但在我们后来的对话中，彼得给出了这样的建议："最实用的方法是打开人们的心扉，与他们交流，去寻访那些在生活中体现出勇气的故事。问问题就是一个很好的方式，比如：'你用过哪些方式表现勇敢？'因为每个人在他们的一生中都曾勇敢过。"

这正是我们一直以来的体会。每个人都有故事可讲，而且毫无例外，在谈话结束时，人们会告诉我们这种谈话对他们非常有帮助。帮助你自己，也帮助他人，打开你的心扉，尽情地去讨论，

> 帮助你自己，也帮助他人，打开你的心扉，尽情地去讨论，去探索勇气在你的生活中所起的作用。

去探索勇气在你的生活中所起的作用。下面是三个有关勇气的话题，或许会有助于你的探索，增加你对勇气的思考，增进你勇敢行动的能力，还有可能会为你留下印记提供帮助。

话题一：逆境

在你的工作和生活中，是什么给你带来了巨大的困难和痛苦？你有哪些个人的或工作上的问题是难以开口的？当你处于逆境时，你是怎样成功解决的？

所有勇敢的行为都是与逆境和艰辛联系在一起的。"勇敢时

刻"孕育于严峻的挑战之中。如果事情都很容易，也就不需要勇气。很明显，是挑战、厄运、困难，甚至是危险激发了人们的勇气，当然也有例外，因为任何事情都是相对的。

贝弗莉是一位非常有成就的商人、作家、演说家和资深教育家。她的"勇敢时刻"产生于早年担任某大学系主任时。那时，她作为一名特殊的学生报名参加了麻省理工学院的研究生班。在第一天去上课的路上，她突然感到非常害怕。贝弗莉有时有非常明显的口吃，她想到上课时可能每个人都要做一个自我介绍，轮到她时，她结结巴巴地说出她的名字，她觉得自己一定会崩溃的。于是，她含着眼泪转身回去了。

贝弗莉很幸运，她的一位室友问她，如果她说话口吃会出现什么情况？贝弗莉说她会不断地重复说"然后……然后……然后"。说完了所有的"然后"之后，她会以某种方式说出她的名字，她是谁，做什么工作的，然后就该下一个人了。贝弗莉告诉我："当说完'该下一个人了'这句话时，我突然发现这没什么大不了。大家也不会躲开我，也不会把我赶出去，然后就该下一个人了，我只要克服那个难点就行了，我知道自己会口吃，也清楚最终一切都会过去的，然后人们会逐渐认识我，喜欢我。你知道，这给了我继续下去的勇气。"

对我们大多数人来说，说出自己的名字，在课堂上介绍自己是一件非常简单的事，不会有严重的口吃现象。而贝弗莉却不一样。对她来说，站在同学面前说出自己的名字是一种极大的挑战。

"勇敢时刻"就是我们生活中的那些关键时刻，是要求我们回答"我是谁，我为什么而生"的时刻。"勇敢时刻"

> 真实地面对逆境，我们就会逐渐认识我们自己。

也是自我暴露的时刻，正如一位管理者所言："逆境会让你认清你自己。"真实地面对逆境，我们就会逐渐认识我们自己。

话题二：恐惧

你最怕什么？什么令你感到恐惧？你为什么害怕、恐惧或忧虑？

在众人的印象中，无畏和勇敢好像是同义词。我们甚至会认为如果我们恐惧，就不可能有勇气。但事实并非如此，恐惧和勇敢是并存的。

> 约翰·伊佐（John Izzo）是一位咨询师兼作家，他表达了他对勇气的看法："从某种意义上说，勇气就是要克服我们内心的障碍，只有克服了这些障碍，我们才能成就最完美的自己。勇气很大程度上要真实地面对你自

己。"约翰在提及他的"勇敢时刻"时说："我知道我必须去面对未知的恐惧，面对只能依靠自己的恐惧，面对前往一个陌生地方却不知自己身处何方的恐惧……然而，用一个办法，我几乎克服了所有的恐惧，那就是直面那个恐惧，承担来自未知的风险和冒险做事的风险。"

"勇敢时刻"可能不那么令人愉快，甚至可能会遇到严重的危险和伤害。不同的人，在不同的情况下，忧虑也各不相同。没有哪两个关于勇敢的故事是完全相同的，尽管我们面对恐惧的感受都是一样的。

面对将要发生的损失，我们不可能不恐惧。恐惧使人们的谈话更真实。正像彼得所说的那样："你有害怕的感觉说明你还活着，它是一种生命的标志。"勇气出现的那个点，就是恐惧与危险相遇的那个点。我们要去探索那个交叉点，要走近它，要拥抱它。尽管有恐惧，尽管充满黑暗，我们也要行动起来。

话题三：苦难

当你思考自己所面临的逆境时，什么是你的赌注？面对你自己内心的恐惧你准备好了吗？面对因为追求理想而带来的痛苦，你准备好去承受了吗？

在我们收集的所有那些关于"勇敢时刻"的故事里，那些重要的事件总是悬于一线，总是会有潜在的损失——如失去事业、工作、金钱、朋友或者脸面。当你勇于走出一步时，你也就暴露无遗，成了吊在空中的靶子，不可能再安全了。后果也许会很严重，或者至少在当时有这样的感受。

> 吉姆·格斯·古斯塔夫森（Jim "Gus" Gustafson）是一名领导力的研究者和一家无线通信公司的高管。他发现，要想去追求他的梦想，就需要辞去工作。因为如果没有如同对待工作那样百分之百投入的激情和能量，他就无法实现他的梦想。他不能同时对工作和自己的梦想都做到全身心的投入。
>
> "从我刚刚能推动割草机的时候起，我就在这里工作，"他说，"辞掉一份非常满意的工作是令人恐惧的。我家里有两个孩子，妻子是全职太太。辞职以后可能失去一份丰厚的收入，也没有健康保险。总之，随之而来的每一件事对我来说都很可怕。但是我的内心告诉我，我要辞去工作，否则就无法实现自己的梦想。"

如果说有什么可以阻止我们表现勇敢的话，那就是我们不愿意去承受痛苦。我们不能随时做好准备，而勇气总是或多或少地伴随着一定程度的痛苦和损失出现。有时候，痛苦是暂时的，很快就会过去，但有时它会持续很多年。我们在做出勇敢行动之前要从精神上、心理上和身体上做好充分的准备。

勇气不可能靠计划产生出来，没有人告诉我们在某一天的某一个时刻我们会变得勇敢起来。但我们可以选择它，我们可以通过谈论自己的或他人的人生奋斗经历，为这种选择开始做准备。

第18章 创造生活需要勇气

彼得·戈梅斯（Peter Gomes）写道："我们不仅仅想为了糊口而生活，我们更想去创造一种生活。但我们自己以及他人的经历告诉我们，需要勇气。"

我们可能不需要什么勇气就能过上一种很稳定很舒适的生活。但是大部分人不仅想拥有稳定和舒适的生活，还想过一种更有意义的生活。我们想要这样的生活，它能对家庭、朋友，甚至公司、社会和整个世界都产生影响。想要过这样一种生活需要勇气，想要产生持久的改变也需要勇气。

罗莎·帕克斯（Rosa Parks）在安葬前曾被停放在美国国会的大厅里供人瞻仰，而通常只有政府要员才能得到这一礼遇。50多年前，罗莎·帕克斯不声不响地向世人展示了勇气是如何创造生活的，是如何引起一系列的事件从而改变历史进程的。回顾并反思她的行为，我们得到了三个重要的关于勇气、领导和生活的启示。

启示一：小事可能产生巨大的影响

1955 年 12 月 1 日，在阿拉巴马州蒙哥马利市克利夫兰大街的一辆公交车上，司机命令坐在种族中立区座位上的黑人给白人乘客让座。罗莎·帕克斯是这些黑人乘客中的一员，她没有站起来让座。当司机追问她是否要站起来的时候，她说："不，我不起来。"司机警告她，如果她不站起来他可以让警察逮捕她，她说："那好，来吧。"

罗莎·帕克斯的举动不是什么蓄意已久或重大的行为，也不是想抬升自己或操纵他人，更不是什么复杂费劲或超人般的行为，她的这些行为非常简单。但在当时的社会背景下，她的举动和接下来的法庭审判引起了巨大的轰动。当时的社会形势高度紧张，可以说是一触即发。但是，当我们仔细审视罗莎·帕克斯的行为时，我们发现这些举动是我们每一个人都可能做到的。做到这些不需要巨额的预算、封闭式的战略规划、无数次的策划会议或者是大批的军队。他们只需要个人的决定和坚持不懈的意志。通过

128

分析，我们惊诧于这些小事所能产生的巨大影响。

现在我们来回顾一下罗莎·帕克斯所做的这些小事所产生的影响。她说"不"并拒绝给白人乘客让座的行为，引发了一场长达一年的反抗和抵制种族歧视的社会运动，让年轻的马丁·路得·金脱颖而出，给民权运动注入了新的活力。她的行为鼓舞着人们迅速地投身到一场全新的运动中。

启示二：个人能改变世界

通过拒绝让座，罗莎·帕克斯表现出了个人的力量。她让我们看到个人也是可以改变世界的，她也证明了生活在这个世界上的每个人都是重要的。

罗莎·帕克斯不是一位有影响或重要的民权运动领袖，也不是一位常在公众场合露面的活动家。她只是一位下班回家的裁缝、一位妻子、一位教堂会众成员、一位好邻居、一位黑人军队的志愿者。

罗莎·帕克斯的故事证明了每个人都有改变世界的潜能——至少能对世界有一点点的影响。她用具体的事例证明了我们的论点：领导是每个人的事。

启示三：勇气源于信仰

勇敢的行为源于一种信仰——勇气与信仰不能分开。罗莎·帕克斯在她的自传《平静的力量》（*Quiet Strength*）里写道："那天我不是想被逮捕才上那辆公交车的，我是想回家才上车的。人们认为我没有站起来让座，是因为我太累了，我觉得这一想法太可笑了。我其实并不累，只是厌烦了这种不公平的待遇。"

罗莎·帕克斯拒绝让座的行为是一种勇敢的行为，这种勇气源自她的内心。"必须消除这种种族歧视，"她说，"对我来说，那一刻就是消除歧视，证明我也有人权的时候。"罗莎·帕克斯为了她的信仰和原则而奋斗，这些信仰和原则不仅对她来说很珍贵，同时也是整个民族的核心理念。12 月份的那一天她决定去证实这些理想的真实性。

罗莎·帕克斯时刻

我们把这种事情虽小却影响巨大，同时要求我们有主动精神和坚定信念的行为称为罗莎·帕克斯时刻（Rosa Parks Moments，RPM）。正如 RPM 这个首字母缩写词也代表 Revolutions Per Minute（每分钟的革命）这种含义一样，罗莎·帕克斯时刻意味着一种运动，意味着彻底改变某种状况。罗莎·帕克斯那一系列的简单的举动，成为迅速崛起的民权运动的一股力量。

你可能会说："我又不是罗莎·帕克斯。"你要知道罗莎·帕克斯在拒绝让座事件之前也不是我们今天所称颂的罗莎·帕克斯。在那之前她只是一名裁缝、一位普通市民，和我们每个人都一样，没有名望，没有财富，也不是一位英雄。是她的勇气改变了她。她可能会让座，但是她没有；她可能会保持沉默的，但是她也没有。

这是需要我们记住的生动有力的一课。正是世界上无数的罗莎·帕克斯改变着世界，我们人人都是罗莎·帕克斯。我们都有能力创造罗莎·帕克斯时刻。当你的核心价值受到挑战（Core Value's Challenge，CVC）时，积极主动（I——Initiative）地行动起来，就能产生罗莎·帕克斯时刻。如果这一认识用公式表示的话，就是 I × CVC = RPM。

当你的信念受到挑战，而你能勇敢面对它的时候，你就有了你的罗莎·帕克斯时刻。你所做的事未必像自由和公正那样伟大，但一定是对你来说非常重要的事。有时，你可能会对自己说："够了，够了，我不想继续了。"这时你要有决心，不要左右摇摆，不要犹豫不决，不要模棱两可。这就是那个时刻，这就是你必须要行动起来的时候。

罗莎·帕克斯时刻是我们生活中的转折点，甚至可能成为他人生活的转折点。当人们的核心理念受到挑战时，把握住那一时刻的人越多，我们个人的生活就越有可能得到改善，我们的组织和团体就越有可能日臻完善。你真的永远不会知道，你的印记的影响会有多大。

> 能否产生重大和长久的改变取决于个人是否积极主动地面对威胁我们核心价值的挑战，取决于你自己。

能否产生重大和长久的改变取决于罗莎·帕克斯时刻，取决于个人是否积极主动地面对威胁我们核心价值的挑战，取决于你自己。

所以我们需要扪心自问，我最后一次 RPM 是在什么时候？我最后一次为我所珍视的理念而奋斗是在什么时候？我最后一次决定面对严峻的挑战是在什么时候？你还要问：我为下一个 RPM 做好准备了吗？我们永远不知道什么时候会被迫放弃我们所珍重的理念，但我们应该为那一刻的到来做好准备。

在这个麻烦不断的时代，我们所面临的挑战不会像夏天的晨雾一样慢慢消散。如果我们想征服那些挑战，我们就需要做得更多。那些挑战需要你做出更艰难的选择；需要你明确自己的理念和信仰；当价值理念受到挑战时，你要把握主动；你要关注每天的小事，要真诚地对待自己；要有韧性和决心。

罗莎·帕克斯向我们证明了每个人都是重要的；即使是最简单的小事也能在社会发展的浪潮中激起浪花；我们有勇气创造一种有意义的生活；我们每个人都可能留下持久的印记。

第19章　做人的勇气

领导是一个虚心体验的过程。每当有人问及我们自身的领导力实践，我们都会立即告诉他领导是一件艰苦的工作，而写领导力方面的书比真正实践领导力要容易得多。看看我们所发表的如何成为好领导者的行为清单，感觉那就好像是又长又令人沮丧的个人缺点备忘录一样。

任何担任过领导职务的人都会很快发现，你被挤在别人很高的期待和你个人的局限性之间动弹不得。你知道别人希望你完美无缺，但你总是不能不犯错误。你很清楚你不能照顾到每一个角落，即使你知道在前边的路上，未必每个人都能走向同一个终点，更不要说同时到达了。你会发现，不管你做了多大的努力来引进完美的变革，它们当中的大多数都不能成功。你会发现，有时候你会发脾气、表现粗鲁，不能够总是耐心地听完别人要讲的话。

你会意识到，你并不能总是维护别人的尊严，用尊敬的态度对待所有的人。你会认识到别人应该得到更多的认可，而你没有对他们说"谢谢"。你知道有时候你所得到和接受的赞誉，其实名不副实。

换句话讲，你知道你只不过是个凡人而已。

英语中，Human 和 humble 的词根相同，都来自拉丁语 humus，意思是泥土。作为人，要想谦虚，就应该站到地上，双脚深深地根植于大地。有个现象想想还真有意思，伴随职务的提升，人们在办公楼里的楼层也在升高，于是就离地面越来越远。难道不是这样吗？你升得越高，你就越难保持谦虚。

谦虚的勇气

做人要谦虚，而谦虚需要勇气。要承认你并不总是正确，需要很大的勇气。你不能总是预测到所有的可能性，你不能预见到所有的未来，你也不能解决每一个问题，你不能控制每一个变量，你也做不到万事如意、永远快乐。总之，你也是人，你也会犯错误。向别人承认这一点需要勇气，向自己承认

> 做人要谦虚，而谦虚需要勇气。

则需要更大的勇气。如果你能够谦虚地做到这些，你也就邀请了别人来参与一场勇敢的互动游戏。当你不再设防，向别人敞开心扉的时候，你就是在与他们携手实现你单枪匹马做不到的事情。当你变得更谦虚，更真诚的时候，你眼里就会有别人。

　　导演西德尼·卢曼特曾拍摄了著名的《12 怒汉》、《网络》等影片。他认为，即便我们是负责人，我们依然要被许多无法控制的因素所左右。但谦虚的经历会给你的努力带来无尽的快乐。关于导演这个角色，他讲过这样的话：

　　我到底负了多大的责任？难道这个影片只属于我一个人吗？我离不开天气、预算、女一号早餐吃的什么以及男主角和谁坠入爱河，我也离不开上百个不同的人的天赋与习性，情绪与自尊，权术与个性。这还只是拍摄而已，还没有涉及摄影棚、财务、发行、市场等诸多事情。

　　所以，有多少事情是我一个人做的呢？就像所有的老板一样——在拍摄现场，我是老板——仅是在这个地方我说了算。但对我来讲，这就够令人兴奋的了。我负责一个我绝对需要的团体，而这个团体也非常需要我。这就是快乐所在，快乐就存在于同别人共同体验的过程之中。

　　这个团体中任何一个人都可以帮我一把，也可以害我一把。

　　那还只不过是拍摄而已，还没有加入商业运作的方方面面的因素。所有场合下的领导力都是如此，无论是过去还是现在，你都不可能、也永远不会找出一位能够把周围各个方面都控制住的领导者。即便是对未来的可能性有十足的把握，你也找不到哪位领导者能够让百分之百的员工追随他。这不仅仅是现实，而且还是一种幸运。我们应该感激那些我们不能控制的力量以及那些我们不能统一的声音。为了维护我们的自由，我们需要悲观者、质疑者，还有那些不同的声音。我们需要用挑战、意外和逆境来磨炼我们的勇气，来坚定我们的信念。

> 我们需要用挑战、意外和逆境来磨炼我们的勇气，来坚定我们的信念。

如今，谦虚似乎已不再是一个重要的领导力品德了。但如果你的双脚不能牢牢地站立在地面上，你必将在领导力方面出现一个很大的问题——傲慢。过分的骄傲已经给相当多的领导者和公司带来了成堆的麻烦。有些人甚至羞于承认自己是公司的高层管理人员，这对于那些公司来说，可实在算不上是什么好事。我们曾经问过一群年轻人是否知道一些公司的名字，他们给出了名单，结果安然、世界通信、Tyco 和 Calpine 都赫然在列。很明显，人们之所以能记住这些公司并不是因为它们很伟大，而是缘于它们的领导者的不轨行为。盖洛普 2005 年的一次民意调查显示，只有 16% 的公司总裁被认为非常诚实、有职业道德。对于护士这个职业来讲，比例达 82%，而电话销售员仅仅为 7%！

柯克·汉森是我们的朋友和同事。他是大学教授，同时任圣克拉拉大学马库拉实用伦理学中心的执行总监。他指出，当如下情况出现时，领导们的弱点就会暴露出来。

- 当他们相信自己无所不知时。
- 当他们相信只有自己说了算时。

- 当他们认为规则对自己不适用时。

- 当他们相信自己永远不会失败时。

- 当他们认为自己所完成的事情都是靠他们自己时。

- 当他们认为自己高人一等时。

- 当他们认为自己就代表组织时。

- 当他们相信自己能关注工作中的每件事时。

我们应该认识到，虽然我们很聪明，但我们也没有所有人加在一起聪明。我们应该重视那些规则，它们不仅适用于我们，而且还应该更多地约束我们，因为我们的行为被看做是其他人的标准。我们必须警惕我们的错误，在它被到处传扬之前就承认我们所犯的错误。我们不能忽视一个事实，就是不论我们自己的贡献有多重要，如果没有众人的帮助和努力，我们也不可能干成任何事情。

我们要记住一个基本的事实——我们不是一开始就站在金字塔的顶上，也不是一起步就跑在了队列的最前面。胆怯、迟疑、犹豫甚至焦虑会时时伴在我们左右。我们要把握住自己，不至于迷失在工作中，不要让工作成为每天 24 小时、每周 7 天的一件事情（不管科技会在多大程度上使这种情况发生）。

工作中需要更多的宽容

与我们一起工作的人们，我们所倚仗的人们也是普通人，不管他们的愿望有多好。他们不可能总是像他们说的那样做得非常好。我们应该像对待我们自己一样，给他们一些机会去尝试，去失败，再去尝试。我们需要给他们机会，让他们做到最好，至少做得比他们想象得要好。我们要在他们成长的过程中支持他们，帮助他们认识到成长的历程不需要完美，而是要成为真真正正的人。

> 1997 年奥斯卡金像奖的获奖影片《尽善尽美》（*As Good as It Gets*），由海伦·亨特和杰克·尼克森主演，讲述了一个做女招待的单身母亲与一位脾气古怪的作家之间的微妙关系。其中有一个令人难忘的场景，大概是到了电影的一半，他们在一个餐馆里，凯洛（由亨特扮演）要求麦尔文（由尼克森扮演）"说点好听的"，麦尔文出乎意料地答道："你让我想做一个好人。"凯洛被麦尔文的话深深触动，她说："这可能是我这辈子听到的最好听的话了。"

难道不是这样吗？麦尔文赞美了凯洛，同时他也讲出了一个真理——我们都是被一个真正宽容的人所影响的。那不正是领导们在做的事情吗？他们不就是用这样的方式打动我们，让我们对自己说："我愿意成为你的下属，因为这种关系能够把我身上最好的东西带出来，让我想成为最好的人，做所有我能做的事。你发现了我身上的优秀品质，这连我自己都没有意识到。你关心我，即使我做得不够好。"难道那不正是爱所代表的意思吗？

如果在那些以傲慢贪婪著称的组织中多一些宽容会怎么样？如果领导者的理念是让人们成为更出色的人而不只是挣更多的钱又会怎样？如果所有的领导者每天都问自己："在今天的每一次互动中，就我所碰到的每一个人，我能做点什么让他们更出色呢？"

在今天的世界，我们可以增加一点宽容。我们可以增加更多良好的愿望、更多的魅力、更多的风度、更多的感恩。

> 在今天的世界，我们可以增加一点宽容。

我们可以更加谅解——先从谅解我们自身的不足和缺点开始——但我们不能就此止步。我们必须把同样的安慰带给其他人。领导者不是圣贤。他们是人，像我们一样有着同样的缺点和错误的人。这里并不是建议大家纵容公司犯罪，这只是一个忠告，它能够让我们充满勇气面对生活。我们都会犯错误，有时会很惨痛。谅解可以让沉重的包袱稍微轻一点。

保持谦逊和宽容可以使我们避免在生活中过分地骄傲和贪婪。当我们应对现代组织中复杂的挑战和暗藏的诱惑时牢记这两点，会给我们带来很大的帮助。

让我们以谦恭之心记住我们从何处开始走向成功，以仁慈之心为他人提供同样的机会。直到有一天，人们在谈论你的印记的时候，还有什么能比"你让我想做一个好人"更令人欣慰的话吗？

第20章　失败是一种选择

我们曾谈论过，为了营造一种促进创新的氛围，作为领导者，我们不应该惩罚人们在做新尝试时所犯的错误或遭受的失败。当事情没有像期待的那样发展时，我们应该经常问，我们能从中学到什么？

在最近的讨论中，有位参与者对这个观点提出了质疑："那么，有些领导者声言'失败不是一种选择'，对此你怎么看？"我们大概脑海里都能浮现出那样的场面，一个意气风发的中士对一群刚入伍的新兵或者是一位自信的公司高管对新团队成员高喊这句话。

我们的回答是直截了当的："'失败不是一种选择'完全是一个过时的陈词滥调，它与'第一次就要成功'那句江湖药一样，都是鼓励人们不要去冒险。"

告诉人们"失败不是一种选择"没有丝毫意义。在现实生活中，当我们尝试做以前从未做过的事情时，我们永远不可能一次就成功。即使能成功，那也纯粹是走运而已。实际上，在尝试新事物或不同于以往的事情时，你不可避免地总要犯许多错误。所以，在生活中，失败永远都是一种选择。

> 在生活中，失败永远都是一种选择。

进一步来说，如果你不愿意失败，你就永远无法成就卓越，永远与创新无缘。在 2005 年版电影《鱿鱼和鲸》（*The Squid and the Whale*）中扮演小说家伯纳德·伯克曼的演员杰夫·丹尼尔在谈到他接受邀请、出演这一角色时，充分印证了上述观点。他说："我之所以接受了这个角色，就是因为我不知道如何去演。这是一个全新的、不可预测的角色，还有可能会失败。"

暂且先把我们和演员的话放在一边，来听听篮球界的传奇性人物迈克尔·乔丹对于成功是怎么说的。这位篮球巨子曾经这样讲："在我的职业生涯中，我有超过 9 000 次的投篮没有投中，输掉了 300 场比赛。大家信任我，让我去投压场的制胜球，我却有 26 次没有投中。在我的生活中，我失败了一次又一次，而这也正是我成功的原因。"

詹姆士·威斯特（James·West）是约翰斯·霍普金斯大学的研究教授，曾获得过 55 项国内和 200 多项国外专利权。他说："我认为我失败的次数远远超过成功的次数，但我从不把失败看成是一种错误，因为我总是能从这些经历中学到一些东西，我把它们看做是还没有实现的最初目标，仅此而已。"

职业高手相信可能性

一切都与你的态度有关。假设你从事职业棒球运动。你知道这项运动的统计学结果。每个赛季最好的击球手平均击中 300 多次。他们每 10 次站起来挥棒，大约只能击中 3 次。如果你就是一位职业棒球手，轮到你上场时，你会想什么？"嗯，让我想想，作为一名职业球员，我清楚我最大的可能是击不中目标，然后我就要出局。"这是非常现实的想法，这是由这类项目的特点决定的。但如果基于这样的观点，你就会放弃自己的责任："那我还上场干吗？就算上场了，我干吗还要全神贯注或拼命击球呢？"显然，你不可能那样做，你依然会尽你最大的努力去争取击中球的。

> 统计数据表明，大部分的创新在前几次尝试时总会失败。

尽管实际上只有可行性，但职业球手们更相信那些可能性。他们每一次站起来的时候，都坚信自己能够击中。他们全神贯注，用力挥棒。你知道吗？有时他们还真的会成功击中。

这个道理也适用于领导者。统计数据表明，大部分的创新在前几次尝试时总会失败。但是失败就能让优秀的领导者远离创新吗？当然不会！因为总会存在着百分之百成功的可能性。成败并不是关键，而是你是否去尝试。尝试的次数越多，你越有可能击中得分。

"失败不是一种选择"这种观点的可怕之处在于它增加了人们的压力，让人们回避尝试、不敢冒险。由此引发的恐惧和焦虑的危害，远远超过了"成功的唯一途径就是尝试"这一态度所带来的危害。只有去尝试一些以前从未做过的事，我们才能进步。否则的话，无论是公司还是个人，只能原地踏步，走走过场，禁锢在与进步无缘的陷阱中。

学习曲线不是平直的

下面我们换一个思路来考虑这个问题。比如说你正在做着一件你知道怎么做的事。这时有人走过来说还有一种更好的方法。你的第一反应可能是："好啊，但是我现在用的方法也很有效，而且这样做我觉得挺舒服。"如果这样，你就不可能取得进步，也不可能学到新东西。只有当我们去尝试和体验新的做事方法时，我们才能有所收获。

这里有个概念叫做学习曲线。学习曲线并不是一条直线，正常的学习曲线总是在上升之前先会下降。如果它一直上升的话，那就表明你是在用你已知的方法去做事，只不过此前没有做过罢了。

再来想想下面的这个情况，当你对自己说："我不知道怎么做这件事，但我希望拥有这个能力。"在这样的情形下，你除了去学习就别无选择了。你要告诫自己设定一个"第一次就要成功"的标准是滑稽可笑的，因为你根本不可能做到。真正的问题是你学得有多快？在成功之前你从错误和失败中学得有多快？在脑海里想想那条学习曲线，你将会明白为什么大多的创新都会在中途遭遇失败。所以，持之以恒是所有创新者和领导者的特点。

事实上，失败和失望是不可避免的。你如何处理这些失败与失望，最终决定着你的效能与成功。你要诚实地对待你自己以及他人，还要勇于承认自己的错误，反思自己的经历，以便获得改进工作所必需的东西。韧性对于领导和学习都至关重要。

> 当你承认你也会犯错，也不是那么完美时，你会得到一个额外的回报，就是获得信誉。

当你承认你也会犯错，也不是那么完美时，你会得到一个额外的回报，就是获得信誉。这听起来似乎有点儿不可思议，但汉森·埃塔斯（Hasan Ertas）对此向我们做了解释。他是 Stryker Endoscopy 的高级设计工程师，他说："无论我承认犯错与否，别人都会发现，都会知道。于是，我就决定，不如省些时间和麻烦，给自己留些尊严，我为什么不先承认我的错误呢？"结果出乎汉森的意料："有趣的是，当你这样做了之后，人们反而会更加支持你。"

汉森还讲述了他得到的另一个重要的启示："我感觉，如果你能接受自己的错误，那么你也很有可能理解和容忍他人的错误。

这会让人觉得你很可靠和可信。他们会为你努力工作而不用担心犯错误，因为他们知道你也犯过错，只要他们努力改正并从错误中学习，即使失败也没有关系。"

生活就是实验室，我们应该利用它尽可能多地做实验。尝试，失败，学习。再尝试，再失败，再学习。这应该视为领导者的座右铭。查尔斯·凯特灵（Charles Kettering）是 Delco 的创始人和 140 多项专利的持有者，他曾说过："如果你一次次地尝试，就算失败了，那也没有关系。但如果你尝试着去做了，却因为失败而不再去尝试，这才是最严重的问题。"我们应该重视他的忠告。只要我们能从中汲取教训，历史不会因为我们的失败而苛责我们，但如果我们放弃尝试，放弃学习，我们一定不会被轻易放过。对我们来说，给我们留下最永恒印记的就是那些曾经历经失败却仍不断尝试的人，因为正是那最后的一次尝试改变了世界。

> 生活就是实验室，我们应该利用它尽可能多地做实验。

第 21 章　没人保证能有回报

最后的忠告：即使你能把领导力各个方面的事情都做到尽善尽美，但你依然可能会被炒鱿鱼！

有位朋友是一家大型包装货物公司市场部的前任高级副总裁。几年前，他曾面临一场严峻挑战。新技术使新产品替代他们公司的现有产品成为可能。一些主要的客户正逐渐转向替代品。他的市场调查清楚地表明，这个行业将来会是新产品的天下。他认为，公司必须要修改其长期计划，必须向新市场进军，否则将会遭受灾难性的后果。

他向董事会提交了他的调查结果，力劝公司进入这个市场。董事会没有同意他的观点，他们委托了两家权威的管理咨询公司去调查市场趋势和生产这种产品的技术可行性。令董事会惊讶的是，咨询公司的报告肯定了这位副总裁的想法。尽管不太相信，但董事会还是有点儿担心了，他们又请两家律师事务所去调查进军新市场会不会引发垄断问题。两家公司的律师们给出了一致的意见，认为不会有问题。

尽管大量的证据证明这位高级副总裁的战略构想是明确可行的，但董事会还是又咨询了第三家律师事务所的意见。结果，这家事务所的调查让董事会如愿以偿。最后，公司放弃了新产品的开发。这位高级副总裁不能接受这样的决定。对他来说，这是一个有关正直与否的问题。他对这个行业的愿景有非常强烈的感觉，他坚持要去实现它。最后，尽管我们这位老兄声望不错，业绩斐然，但他还是没能说服董事会，反而被董事会解雇了。

我们非常了解这位高级副总裁。他是一位非常优秀的领导者，是他人可以追随的楷模。即便如此，他还是被解雇了。这就是领导力领域糟糕的现状。有些时候，尽管我们本着最好的愿望倾尽全力，却还是难以成功。

也许我们应该早点儿告诉你，但我们猜你可能早就知道了，从你自己的亲身经历或身边人的经历中，已经了解了这些。另外，你很清楚没有任何人能做得"那样"好。

对领导者来说，没有快速的捷径，也没有瞬间就起效的良方，更没有在任何时候对任何人都灵验的方式方法。如果有某个领袖人物——或者是任何作者，也包括我们在内——站在你的面前宣称他们有三因素、五因素、七因素或九因素理论保证你百分之百成功的话，你最好还是赶快捂紧钱包，迅速离开。没有人能永远做对每一件事情。即便我们红运当头，但项目仍然可能会失败，我们依然可能会被炒鱿鱼。

长处可能会变成短处

还有一件事我们应该承认：任何领导实践活动都可能具有破坏性。美德有可能变成缺点，长处也可能变成短处。

例如，对于建立信誉和取得成就来说，找到自己的声音和树立榜样是非常重要的。但是这也可能导致你太看重自己的价值和自己做事的方式。那样的话，就会引起你轻视别人的观点，听不进他人的意见反馈。你会因为担心泄露隐私和被"揭老底"而把自己孤立起来。你会更加关注外在的形式而不是实质内容。共同的理念也可能变成对每个人的束缚，寻求一致可能变成群体性思维，集体也可能变成限制自由选择的宗教组织。

> 能否高瞻远瞩，阐述一个关于未来的、清晰的、共同的愿景是将领导者与其他人区分开来的重要标准。

能否高瞻远瞩，阐述一个关于未来的、清晰的、共同的愿景是将领导者与其他人区分开来的重要标准。但是，仅仅关注于未来的某种理想，会使你对目前的状况和其他各种可能的发展趋势熟视无睹。它会使你与最乐观的结果失之交臂或者是紧紧抱着那些陈旧、破碎和过时的技术不放。充分发挥你激励别人的力量有可能会导致他人放弃他们自身的愿望。你个人的能量、热情和魅力是那样的有吸引力，以至于让其他人忘掉自我。过分的乐观也可能让你对我们所面临的困境视而不见。

对于促进创新和变革来说，挑战现状的作用非常关键。在学习和持续改善的过程中，捕捉灵感和冒风险是十分必要的。但是如果走向极端，就会带来不必要的骚动、混乱和妄想。例行的工作非常重要，如果人们在重复的工作中，很少得到建立自信和培养能力的机会，就会失去尝试新事物的动力。为了变化而变化就如同骄傲自满一样会造成士气低落。

在当今世界中，团结协作和团队作风是取得非凡成就的必不可少的重要因素。创新建立在高度信任的基础之上。若想成就伟大的事业，人们必须有能够控制他们自己生活的权力。但是，过分地依赖合作与信任，可能会造成重要决策失效或者在判断上出现失误。太多的民意调查和太多的倾听可能导致犹豫不决和前后矛盾；它可能变成一种取悦大众的行为而非领导行为。在某种情形下，那也许是一种推卸责任的方式。当人们还没有做好充分准备的时候，授予权力和委以责任可能使人产生担当不起的想法。

当人们受到赏识和鼓励时，他们会表现得更出色。对个人的认可和集体庆祝，能够创造一种即使在最严峻的挑战面前也能促使团队继续前进的精神和动力。与此同时，不停地关注哪些人值得肯定以及什么时候举行庆祝活动等问题，会使领导者成为热衷交际的人。我们会忘记关注我们的使命，因为有如此之多的快乐让我们乐此不疲。我们会沉溺于这样的快乐和高兴之中不能自拔，而忘记了这样做的根本目的应该是什么。

> 当人们受到赏识和鼓励时，他们会表现得更出色。

我们应该怎样做

就这一观点你或许会问："如果我们无法做到完美，并且碰巧我们又习惯走极端，那我们应该怎么办呢？"如果完美不是领导行为的理想境界，那又会是什么呢？

答案就是：要做得更像我们自己。大卫·怀特是一位作家和诗人，也是我们的同事。他曾经说："领导力的重大问题，犹如朝圣路上迈出的实实在在的脚步一样，是每个人人生的重大问题：即如何使每一件事更个性化。"我们每个人都可以发挥自己的天赋，分享自身的才能，以及做出自己的贡献。领导工作给我们提供了在公众面前展现的机会；给我们提供了证明自己、向他人呈献最好的自己的机会。领导工作给我们提供了塑造自己的生活和分享他人生活经历的机会；它给予我们发表自己观点以及了解大家是否有同样梦想和渴望的机会；它还给我们机会，让我们发现那些对于我们来说重要的事情，并通过做这些事情让他人的生活更有意义；它也是给了我们改变世界的机会。

作为领导者，我们所面临的挑战就是要时刻关注我们想要带来的改变，以及走向那里为什么会那么必要。我们还要关注那些追随我们的人，他们以后会继承我们所留下的东西。如果我们时刻都能关注着那些改变和那些人的话，我们的印记自然就会流传下去。

后 记 你的印记就是你的生活方式

瑟盖·尼基弗罗夫（Sergey Nikiforov）是俄裔美国人，他与别人联合发起成立了 Stack3 公司，并任该公司产品开发部门的副总裁。他给我们写了下面这封信，内容让我们感到自惭形秽。

有个问题已经困扰我很久了，那就是我到底该从哪里做起才能成为一位优秀的领导者？我曾很幼稚地认为，要想成为优秀的领导者就要完成诸如移山填海、拯救生命或是改天换地一般艰巨的工作。但诚如您所指出的，这些高尚、不切实际的任务靠个人力量是无法实现的。

后来，事情就在我身上发生了——我陷入了自私的想法中，我所展望的愿景都是对自己的才能和天赋的自我陶醉。尽管我在工作中遇到的问题与您书中的案例都类似，可是我处理这些事情的方式却总是差强人意。甚至在大多数情况下，我都使用了错误的方式方法。

我现在发现其实每天都有很多机会做出些许改善。我本可以更好地去指导某人，更好地去倾听某人，更积极地对待某人，更经常对别人说"谢谢"，等等，不胜枚举。起初，我几乎为此而崩溃，原来每天有那么多的机会去成为优秀的领导者。但随着我把这些想法应用到实践中，我惊喜地发现通过这些有意识、有目的的领导行为，我已经取得了长足的进步。

瑟盖真是一针见血，确实，每一天我们都会碰到无数个做出改善的机会。它可能发生在你与下属的私人谈话中，或与同事们的会议中；可能发生在家里的餐桌上；可能发生在你的业务发展研讨会上；也可能发生在你听朋友谈论他与同事的冲突的时候。每一天我们都有许多选择领导、选择改变的瞬间。每一个这样的瞬间都赋予了我们留下一笔印记的可能。

一旦我们决定承担领导责任，我们也就接受了服务他人的使命。领导行为并不是指你能从他人那里得到什么，而是他人能从我们这里得到什么。这意味着我们要做好准备随时去牺牲、去教导、去学习、去接受他人真实的反馈，并且坚信领导者不是独行侠。

> 一旦我们决定承担领导责任，我们也就接受了服务他人的使命。

一旦我们决定承担领导责任，我们就必须寻求与他人建立一种特别的关系，一种独特的人际关系。这或许与你以前听说的不同，我们认为领导者应该渴望得到别人的爱戴。如果人们与领导者之间没有情感纽带，他们就不会倾尽全力地工作。但同时，领导者也不希望总是意见一致，因为建设性的冲突会为创造和创新带来动力。就如我们知道的，所有的人际关系都是以信任为基础的，缺少了这个黏合剂这些人际关系就会变得不堪一击。所以我们不能视信任为人们彼此之间理所当然存在的事。信任需要我们去争取，去培养和维护。只有具备了相互信任的环境，领导者才能放开手，才能让每个人都有自主行动的权利。

一旦我们决定承担领导责任，我们就选择了对千秋伟业的渴望，而不是急功近利的方法。是否具有前瞻性是领导者区别于其他有信誉的人的特质，但未来并不只属于领导者。领导者是未来的守望者，他们的下属是未来的拥有者。拥有者也要为未来的建设担当一定的责任。也就是说，领导者要把他们的追随者培养成领导者，同时自己也心甘情愿的成为追随者。

> 领导他人需要勇气，过一种有意义的生活也需要勇气。

以上所有这些都需要勇气。领导他人需要勇气，过一种有意义的生活也需要勇气。勇气和领导力一样，也是一种选择。或许我们不知道何时我们的勇气会被激发出来，也不知何时需要挺身而出承担领导的职责。但当那一时刻来临的时候，当我们必须要做出选择的时候，我们应该勇于面对，因为人人皆有勇气。尽管无论在领导力方面还是生活中，没人敢打保票让我们总能成功，但是勇气能让我们保持谦虚，能让我们不屈不挠。

我们的同事约翰·马克斯韦尔出版过无数部关于领导力方面的书籍，他曾告诉我们说："据说世上有两种人：主动做事的人和被动做事的人。领导者具备推动事情发展进程的能力，那些连对自己都不会负责的人就更谈不上为他人做事了。"他继续对我们说："你为未来的付出决定着你到底是一位行色匆匆的过客，还是一位能留下印记的人。"

丰富的印记不是凭空想象的产物，而是果断行动的结果。你所留下的印记就是你的生活。生活每天都在继续，我们也时刻创造着我们的印记。你遇到的每一个人，你做出的每一个决定，你采取的每一个行动都会成为你故事的全部。在故事里，重要的不是你任期结束后留下什么，而是你林林总总所做过的每一件事情。尽管每当我们涉及领导者的话题时总会强调领导者要关注未来，但是作为领导者，最重要的还是你今天的行动。

你无从知道你会触及谁的生活；你也不会知道你将会引发什么样的改变，你会有什么样的影响；你更不会知道那些关键时刻什么时候来临。而你知道的是你可以带来改变，你可以留下一个比原来更美好的世界。

凯文公司的刘旭东和牟立新两位讲师从事培训工作多年，一直致力于领导力的培训与咨询工作，他们在领导力提升方面有着丰富的经验和深刻的见解。他们都是"领越™领导力研修"的认证讲师。

刘旭东

凯文咨询公司总经理、资深讲师，有着近 15 年的企业培训、人力资源发展和组织发展方面的经验，是国内第一位被认证的"领越™领导力研修"资深讲师。

1994 年至 1997 年，刘旭东任摩托罗拉大学区域培训顾问，负责摩托罗拉大学外部培训，如摩托罗拉大学与在华跨国公司的培训合作，组织国企员工进行培训等。同时他还负责摩托罗拉两个事业部、7 个分公司的员工培训。之后，他又在富兰克林柯维北京代表处担任高级培训顾问一职。

1998 年刘旭东与 Alexandra Pearson 女士合作在北京成立了凯文咨询培训公司，为众多的跨国企业以及一些政府和非政府组织，如英国国际发展部（DFID）、福特基金会、英国救助儿童会等，策划组织了 30 多项培训及咨询项目。这些项目涉及员工能力培养、领导力发展、组织变革与发展等内容。

凭借他在领导力提升方面的丰富经验，自 2006 年始他被和睦家医院邀请为领导力发展顾问，为其高层管理者进行领越领导力方面的培训与咨询。2007 年，随着和睦家医院的发展壮大，针对其领导层面临的挑战，刘旭东顾问又为他们设计了为期三年的完整的领导力培训解决方案。

自 2006 年开始刘旭东与本书的两位作者有了更多的交往。帮助作者在中国收集领导力方面的案例，翻译作者的演讲提纲，并在多个场合共同主持领导力方面的研讨。

牟立新

凯文咨询公司副总经理、资深讲师。

在 2006 年加入凯文公司之前，曾任职于人众人公司，主要进行团队建设和领导力方面的培训。每年的平均培训时间达 100 天以上。

他能根据客户的需要为其量身设计课程。曾为众多的在华跨国企业和国有企业进行过培训，帮助这些组织提高其管理者的领导技能和管理技能。目前的专业领域主要集中在领导力、绩效管理、问题解决和团队建设。

2006 年被德勤邀请为领导力发展顾问，负责"德勤（中国）领导力提升项目"，帮助德勤的领导层提升领导力。项目主要内容包括领导力培训和团队建设培训。

2007 年应中国移动邀请，为黑龙江移动高层领导实施领导力培训项目。

牟立新讲师曾为四川网通公司所有的高层领导者设计并实施了为期数天的领导力培训，帮助该公司的领导层提升领导力，使其领导团队更具创造力。

反侵权盗版声明

电子工业出版社依法对本作品享有专有出版权。任何未经权利人书面许可，复制、销售或通过信息网络传播本作品的行为；歪曲、篡改、剽窃本作品的行为，均违反《中华人民共和国著作权法》，其行为人应承担相应的民事责任和行政责任，构成犯罪的，将被依法追究刑事责任。

为了维护市场秩序，保护权利人的合法权益，我社将依法查处和打击侵权盗版的单位和个人。欢迎社会各界人士积极举报侵权盗版行为，本社将奖励举报有功人员，并保证举报人的信息不被泄露。

举报电话：（010）88254396；（010）88258888

传　　真：（010）88254397

E-mail：　dbqq@phei.com.cn

通信地址：北京市万寿路 173 信箱
　　　　　电子工业出版社总编办公室

邮　　编：100036